蔷薇花与十字架

杨不风 著

海峡出版发行集团 THE STRAITS PUBLISHING & DISTRIBUTING GROUP | 鹭江出版社 LUJIANG PUBLISHING HOUSE
2018年·厦门

目录

前言

本书是十年来的文章结集。

书名选用了十多年前写下的第一篇文章的题目《蔷薇花与十字架》。写下时不曾想，这个题目奠定了之后所有文章的基调，也映衬着如今一个以希腊化时期的基督教哲学为研究重点之一的异教徒的工作现状。

蔷薇花与十字架分别象征理性和信仰，但这个分野造成的问题比它能澄清的更多：理性思考有不同的判断标准，在多元化时代，这些标准之间的撕裂与冲突甚至不是理性能够弥合的，人们会发现在为自己的判断寻找理由时不得不诉诸一些个人信念。书中最后一篇谈论欧洲难民危机的文章也在这个无解的矛盾中：本国居民的利益和人道主义价值之间没有能够统一衡量的尺度。德国政治家们试图用接收难民长期而言有利于经济发展来说服选民，但默克尔显然无法将自己获得的国际声誉兑换成本党议员失去的选票。

文中几篇文章都写于和经济学朋友们的论战，比如《可为自由意志保留的位置》。服膺新自由主义经济学范式的朋友们往往是功利主义的拥趸，功利主义的基本信条是：整体福利最大化。但这个信条面对两个根本问题，一是整体的范围难以确定，“二战”后的民权运动从少数族裔扩展到各个少数族群直到动物，但要构想一个不以牺牲对方为代价的人类和动物的“整体”几无可能；二是整体内部欲求的各种福利无法简单相加以得到一个最大化结果，公共财政分配处于各种利益冲突之中，即便是“科学”这一似乎无须辩护的价值也在今年上半年欧美国家的“撑学术环球游行”中彰显危机。

十多年前以明晰产权、自由竞争等信条为基础的新自由主义经济学以“经济学帝国主义”之势席卷知识界，它所延续的古典主义经济学在某种程度上也脱胎于基督教思想，它承诺只要将一切交给看不见的手，市场均衡迟早会到来。如今，随着中国经济的持续发展，其声势已不如从前。恍惚间，这套经济模式的捍卫者拾起了和他们曾经的批判对象一样的论调：中国经济是在不断调适自身（资本主义在不断调整自身矛盾），没有自由市场的经济体迟早会遭遇危机（资本主义迟早要灭亡）。无论是新自由主义经济学还是功利主义伦理学自然都有许多复杂的论证，本人也不是这些理论的反对者。这里只想借此点明，理性与信仰有分别，以及混合和矛盾贯穿在各种话题中。这些矛盾也反映在十年间个人的思想变化和信念冲突上，比如《施特劳斯的邪恶轴心》一文保留了自己曾受到施特劳斯学派蛊惑的痕迹和反自由主义的倾向。彼时本着对欧洲经典文化的热爱而鄙视一切自由主义、消费主义时代的大众庸俗文化。如今，本人已和这些文化和解或者至少视若无睹，却看到不少曾经的自由主义朋友作为知识精英在失去了对大众议题的掌控能力后对自媒体时代的流量狂欢大加鞭挞。

尽管如此，本书仍然以“知识和信念”这一母题开始，一方面坦白在相对主义乃至虚无主义情绪传染下的价值困扰，另一方面也表达了，对真知识的外在寻求和向不可究竟的信念偏好的内在回溯是一切的起点和没有终点的过程。由认识而行动，将自己的行动奠立在合理的考量之上，是非常理性的设想，可惜也是个假想。人的许多行动都出于情感偏好和价值偏好，只是在事后为自己的行动寻找合理化的理由。“自由与责任”一部分表现出的是对公民行动的积极自由的偏好，以至于《作为“反政治”的政治》一文要在当年以极端态度强调消极自由的“范跑跑”身上挖掘积极自由的可能。大多数人显然只爱不受干涉的消极自由。虽然后者仅仅在个人与个人之间得到一定程度的实现，面对公权力时则毫无法律的保护可言，但只要经济发展足够为多数人提供可支配的生活资源而不致被强占，那么相对小比例的剥夺与侵犯就远不足以唤起人们对现有权利的制度性保障的积极争取。然而问题始终存在，被施舍的总是有可能被收回，如果没有积极的公民行动，消极自由总是面临被侵犯的危险，尤其是在一个数据监控无所不在、技术规训愈加严密的"智能"时代。所以我坚持对于积极自由的偏好以及由此形成的人格的赞赏，作为一个理论工作者，始终思考学术进入实践的可能。自然，也要不断警惕自身的激情和现实的权力对于学术的滥用，这是《指向未来的希望》《太平洋战争时期的京都学派》和《跟着尼采学撒谎》几篇文章都涉及的主题。

"民族与世界"基本写于在德国留学期间。我对德国有着深厚感情，认为德国在许多方面都不啻为当今世界民族之林中的楷模。由于历史上左和右的极权主义均发轫于德国，而当下德国的福利国家模式常为信奉市场自由的自由主义者们诟病，国内知识界里的德粉早已不如英美粉有话语权。但今天谁若做一番环球旅行，必然会承认，德国除了在经济实力、科技水平、人居环境等方面，更重要的是在政治公正、贫富差距、社会友好上胜过其他发达国家。德国的问题在于，强劲的工业基础以出口为导向，其持续运转高度依赖其他国家的市场需求，以汽车业为主的工业集团捆绑了整个国家利益，同时，长期的单一民族国家状况面对越来越频繁的国际人口流动和移民的挑战。德国有其两面性，一方面种族主义的毒瘤无法根除（话说回来，这样的毒瘤存在于任何一个国家，回看历史，“二战”前德国一般民众的反犹情绪也未必比其他西方国家严重），另一方面德国政界和公共舆论最为坚定地坚持人道主义和全球化，无论背后有什么样的现实利益考量。德国能否维持其政治文明以及更为高效公正地推进由其主导的欧盟一体化，某种程度上象征着人类是否还能追求康德奠定的世界主义理想。现实的历史自然永远不会终结，但康德严谨论证过的基于全球正义的永久和平是理念上能够设想的唯一可能的人类至善状态。从这个意义理解，《蔷薇花与十字架》一文中的黑格尔的历史哲学也一样成立。

本书所有文章的写作都缘于11年前沪上一群青年学人组建的“读品”小组和后来的“独立阅读”小组，前一个多年前因不可抗力不复存在，后一个主动退出了微信阅读时代。这些人当年萦绕心怀的是19世纪末以来争论了上百年的“中国往何处去”这样的问题意识，焦虑的是后共产主义、后极权主义下的政治压迫，如今小组成员的个人生活已不知走到何处，而随着“崛起”“复兴”“制度自信”之类语调的流行，那样的问题意识似乎都显得不合时宜了，新的青年学人则更加专业化，不再热衷于宏大叙事。转瞬间，一个历史传统仿佛就此终结了。所以我一直担心这些文章结集出版是否也不合时宜，多亏亦师亦友的王晓渔兄——是他最早带我认识“读品”同伴——的鼓励和联络，还有三辉诸位同人的不懈工作让这本书终能面世，聊作一份个人的记录和一个时代的写照，但愿还能引起一些读者的共鸣。也感谢出版社的编辑，没有坚持为了“流量”考虑选用“跟着尼采学撒谎”这个比较风趣的书名，让这本书保留了“蔷薇花和十字架”这副上个时代的严肃面孔。

必须一谢的还有当年的小组伙伴们，周鸣之、李华芳、梁捷、徐瑾、成庆、言一、章可、潘玮琳、郦菁、方钦、仇鹿鸣、聂日明、李业业、李颖华、李伟为、范昀、李娟、王嘉军、罗颖杰、李静超，排名不分先后，友谊地久天长！

杨不风

2017 年 11 月 18 日于广州

第一辑

知识与信念

蔷薇花与十字架：19 世纪精神史中的和解与分裂

当卡尔·洛维特（Karl Löwith）用一长串彪炳史册的精神英雄的名号来描述整个 19 世纪时，他在用一种什么样的观念理解历史、理解那桩迫使他踏上流亡之途的近在眼前的大事件？这是 1939 年，在日本仙台，洛维特为自己的著作《从黑格尔到尼采》写下序言。三年前在罗马，已经寄居他乡的洛维特与自己的老师海德格尔不期而遇，见了最后一面。他告诉佩戴着党徽的老师，他认为其加入纳粹党有哲学上的根源。海德格尔毫无保留地承认了这一点，并且说，关于“历史性”的概念就是他投身政治的基础。

洛维特与海德格尔的师生情谊结于 20 世纪 20 年代。1923 年，正处于思想萌发状态的海德格尔到马堡大学担任教职，洛维特从弗莱堡大学随他前往。在海德格尔门下又相继会聚了阿伦特、伽达默尔、约纳斯、克吕格和克莱因等青年英杰，其中包括早先就在马堡学习、于 1922 年参加过海德格尔讨论班的施特劳斯。无论是关注灵知主义的约纳斯，写下《洞见与热情：柏拉图思想的本质》的克吕格，以古希腊逻辑学、数学研究和数本柏拉图对话注疏为代表作的克莱因，还是回归亚里士多德实践哲学传统的阿伦特，发展出解释学理论和方法的伽达默尔，以及以梳理思想史的方式直指古代的洛维特，以柏拉图式政治哲学为旨归的施特劳斯，在与海德格尔的马堡相会后，都分别走上各自的思想道路，这些道路在某种方式上都隐隐约约以古代为向标。而在 1927 年发表了前期代表作《存在与时间》之后，海德格尔逐渐形成“回到思想之开端”的转向。无疑，这种种朝向古代的回归，以学生和老师的一致或决裂为表征，显示出巨大差异，在差异的纷争背后，思想上下求索，举步维艰，铺陈出 20 世纪一段独特的精神史。这一精神史进程在“二战”后风云际会的思想运动中得到了更为浓墨重彩的渲染，它刻画出一个形象，一个精神的也是一个幽灵的形象（德文 Geist 与英文 Spirit 均有“精神”“幽灵”和“圣灵”的含义）。这个形象遥指一百多年前另一场更为激烈的学生与老师的分裂，那是这段精神史历程的发轫之处。《从黑格尔到尼采》中，洛维特以洞察入微的思想史侦查术进入这场分裂前前后后的每一个细部。

1830年黑格尔60岁寿辰时，他收到学生们赠送的一枚纪念章，纪念章背面是一幅隐喻画：左边一位坐着读书的男子，背后的柱子上蹲着一只猫头鹰，那只在黄昏后才起飞的密涅瓦（Minerva）的猫头鹰是黑格尔心目中哲学的象征；右边一位高举十字架的女性是基督教的象征；中间一个裸体的守护神，面向坐着的男子，高举的手臂却指向十字架。洛维特准确地将这枚纪念章的寓意解释为黑格尔在哲学理性和启示信仰之间进行和解。黑格尔做出的和解被他自己在《法哲学原理》的序言中用一句著名的话做了说明：理性是“当代十字架中的蔷薇”。虽然接受了古希腊教养，对黑格尔来说，具有决定性的事件仍旧是十字架所代表的耶稣受难。基督道成肉身，同时作为神子和人了，这在黑格尔看来是真正支配性的开端，设定了绝对精神由内在的、沉寂的实体朝向外在的、活动的主体的运动进程，所有的客观活动都在基督教的逻各斯意义上展开。最终在哲学，这朵十字架中心的蔷薇花上，绝对精神实现了自我意识。在绝对精神演历的进程中，囊括了人类活动的历史在决定意义上实现着理性与信仰的和解。所以黑格尔哲学首要地作为历史哲学，以人类历史终结论的姿态，像黄昏后起飞的猫头鹰才看到白天完成了的一切那样，做出了对在其看来已经完成了的人类历史的认识。而这种完成，如洛维特在其另一本著作《世界历史与救赎历史——历史哲学的神学前提》中详细阐述的那样，以圣父、圣子、圣灵三段论的形式展开为人类进步史，展开为上帝之国的尘世化、普世化，展开为人类解放的终末救赎，因而在根本上受基督教规定。

正是由于黑格尔哲学的基督教底色，与黑格尔保持了30年往来的巨人歌德尽管对他的和解工作表示欣赏和尊敬——因为这也是歌德本人试图达到的目标——但与前者从历史的精神出发理解统一不同，歌德的出发点在于直观的自然，故而最终对黑格尔的“伪神学历史思想体系”抱有不可消除的厌恶。当歌德收到黑格尔赠送的那枚纪念章时，蔷薇花与十字架的这种结合惹恼了他。

是马丁·路德最初在自己的徽章中将蔷薇花与十字架结合在一起的：白色的蔷薇花围绕黑色的十字架。对路德而言，黑色的十字架象征基督徒痛苦受难的黑色之心，这颗黑色的心因信称义，获得白色的天国欢乐。在向着原始基督教体验世界回溯的过程中，路德摒弃了对古希腊哲学和基督教信仰进行某种调和的天主教“荣耀神学”，在他的“十字架神学”中没有前者的位置。异教徒歌德在《奥秘》一诗中也使用了蔷薇花围绕十字架的隐喻。在这首诗中，十字架的神性色彩减弱了，取而代之的是提高了的人性状态，但人性并非基督教的产物，而是由自然那无穷生育的力量所赋予的，人之为人正是在自我生发中无惧于毁灭的打击而去赢获巨大的丰富性以促成人性的提高。这样，人道的、自我克服的基督教也就在自然之中获得了应有的位置。虽然歌德用人性将基督教世俗化，但这样的基督教是摒弃了启示信仰的人道宗教，所以理性与信仰仍然保持应有的距离。只有黑格尔试图在两者间的鸿沟上搭建一座桥梁。

不过，歌德与黑格尔在很大程度上仍保持一致。两人都从哥尼斯堡老人康德所说的“理性自然而然的冒险”起步，这种冒险不可能再在推理的超验使用意义上进行，他们借助康德的“拥有合目的性的判断力的原型知性”这一概念，想要认识存在在自身中所要实现的自身之目的。分歧只在于，歌德试图在理智中分享对于永远创造的自然的智性直观，而黑格尔则要通过理性对精神的历史运动的认识达到这一点。

但是，黑格尔的历史性和解只能在历史终结点被理解，正因为如此，他声称普鲁士国家是内在本质与外在实存在最高阶段的现实的统一，在个人生活中他也极力屈从于国家和教会。然而，也就是1830年，他去世前一年，“七月革命”的政治狂澜打破了他“无激情的平静”，歌德看到“在这个绝对有条件的世界中”有一种要“进入无条件的东西的直接追求”，这事实上正是绝对精神的运动要实现的。运动并未终结，黑格尔的和解本身就蕴含着分裂的巨大张力。人们是否该怀疑黑格尔与现实的和解仅仅是表面的协调？洛维特暗示了这样的疑问，他不仅提到黑格尔称美洲是未来的国土，并断言黑格尔看到俄罗斯内在本性发展的巨大可能性，以至于为他涂抹上先知的色彩，而且在他的历史意识中寻找新分裂的可能性，揭示出黑格尔本人对表象王国的革命导致现实革命的必然性早有着清晰的认识。不管黑格尔的深层思虑是什么，他的学生已经亲自进行了这一分裂，并最终在马克思和克尔凯郭尔那里返回外在性与内在性的决然对立。

这种由和解到分裂的急剧转变在黑格尔的斯拉夫学生身上表现得尤其明显。听过黑格尔授课的基勒耶夫斯基出于东正教传承下来的追求灵魂平衡和生活和谐的信仰，对他的哲学产生好感，后来的无政府主义者巴枯宁和启蒙思想家别林斯基都在黑格尔哲学中找到与现实妥协、为沙皇专制辩护的理由，但很快这些年轻人以斯拉夫人特有的直率与坦诚将个体的内在神圣重新置于黑格尔式的和解之上，开始了他们对外在现实的激进变革。黑格尔同样经历过年轻人的内在与外在的分裂，他与好友荷尔德林都曾期待外在生活与内在生活的美好一致，但在与同窗好友默默分手后，他决定做出男子汉式的“与时代的统一”。他以超人的冷静很快地学会用“置身千年王国的老人”的目光看待一切。这种目光被传给了他的右派弟子们。像卡尔·罗森克兰茨（Karl Rosenkranz）这样受到洛维特特别尊重的博学、有教养的老年黑格尔派，到1870年时仍将1831年后出现的一切哲学和历史看作黑格尔的纯粹后史，甚至技术的突飞猛进和平民化时代的到来都没有让他惊讶。K. 费舍尔（K. Fischer）则用进化的世俗学说改造了黑格尔，将概念运动的无限改造成人类社会线性的无限进步。老年黑格尔派普遍将历史本身看作体系，于是黑格尔学派自身的分化也被纳入黑格尔的哲学体系内，由此赋予他们的老师不可动摇的地位。与他们借助黑格尔解释历史、维护和解不同，青年黑格尔派要借助黑格尔创造历史、促成分裂。在他们看来，黑格尔做得远远不够，历史最终的统一尚未实现，现存的一切都与内在理念完全分裂，因此需要外在的行动进行革命。现实的即合理的与合理的才是现实的成为右与左对立的焦点。对立还在右派占据了学院、左派占据了报纸这样的现代传播现象中得到恰当生动的表现。

分裂首先展现为左派向外在性的极端运动。感觉的真实性成为费尔巴哈的原则，阿尔诺德·卢格（Arnold Ruge）要求政治存在物自由地创造，麦克斯·施蒂纳（Max Stirner）宣扬利己主义者联盟，布鲁诺·鲍威尔（Bruno Bauer）则高呼一切要从无中来创造，直到马克思在超越了青年黑格尔派的层面确立了物质和实践的哲学含义以及哲学的物质和实践含义。马克思以黑格尔的政治哲学为目标，展开了他的市民资本主义社会和国家批判。在黑格尔那里作为和解之关键的异化被马克思看作分裂的根源。之所以有这样的改变很大原因在于后者看到了前者没能看到的技术的巨大变革，并洞见了其深远影响。技术对人的异化和以技术为动力的资本运作对人的分工使他预见了人彻底物化、丧失人性的危机。基于此，他把黑格尔的和解看作满足于表面的止步。他没有否定黑格尔的统一原则，只是质疑理念与现实、普遍本质与个别实存统一的具体落实。在他看来，只有达到平等的自由人的真正联合，世界才能真正成为为了我们的它在。也就是说，马克思对黑格尔的分裂并非为了分裂的分裂，而是看到后者并未实现真正的统一，因此表面上的和解必须被摧毁。

那么，把马克思看作黑格尔体系内的必然推演就不是没有道理的。而与青年黑格尔派有过交往的克尔凯郭尔向着内在性的极端对黑格尔进行的批判已经在克服黑格尔的体系。在他看来，黑格尔的根本错误不是缺少原则的一贯性，而是在精神的普遍运动中将本质和实存合为一体。克尔凯郭尔排斥一切共同、联合和平等，坚决攻击基督教会。个人独一无二的、内在的实存对他来说是唯一的现实，历史的普遍性、教会的传播、外在的关系都是对个人实存的湮没。与马克思的“全世界无产者联合起来”相对立，克尔凯郭尔相信只有自己拯救自己。只有在个体最内在的实存中，个人才能做出面对上帝的抉择，才有“因其荒谬故其可信”的跳跃。克尔凯郭尔的基督教批判使他能将启示信仰从理性中重新抽离出来，而马克思仍旧在黑格尔的历史性概念里，也就仍受基督教圣灵秩序的规定。

洛维特在《从黑格尔到尼采》的第二部分，通过客观精神诸环节，进一步展开了上述分裂。市民与公民的对立，异化劳动与自由活动的对立，有教养阶层的消失与教育普及的对立，人性的提高与普世的人道的对立，以及最后，洛维特花了占第二部分近一半的篇幅讨论了基督教信仰问题。只有从基督教出发才能理解，外在性与内在性的分裂源于黑格尔对不可能和解的哲学理性和启示信仰进行的和解，而这一和解的颠覆最终落在尼采身上。

尼采的挚交约翰·奥韦尔贝克（Johann Overbeck）对基督教的批判跨过了黑格尔，指向基督教诞生之初就已存在的信仰与理性的斗争。灵知主义一开始就要否定新生信仰的一切启示性前提，将其转化为形而上学。即使后来被判为异端，这种思想也已经暗中渗入基督教神学。神学是基督教信仰与异教知识在斗争的过程中调和的产物，这种调和的首要任务就是使世界末日和基督的复临可理解，或者说使源自犹太教的弥赛亚主义可理解。虽然奥韦尔贝克没有指涉犹太教，但溯其本源，启示信仰的根基在犹太教。对于犹太教，对弥赛亚降临的期待只能用绝对的时间外的永恒来考量，它与历史没有任何关系，这种期待是彻底非理性的，也就必须依靠严守律法的法利赛人来守护。而基督道成肉身宣告了弥赛亚在时间内的降临，把对未来的希望留给地上的苦难之人。此后的护教神学不得不为这种希望不断地提供支撑，却反而在不断的调和中使原初的信仰逐步丧失地盘。但即便如此，奥古斯丁对上帝之城和地上之城的绝对划分，天主教会隔断个人与上帝的关系，仍然在维护启示信仰。陀思妥耶夫斯基在《卡拉马佐夫兄弟》的《宗教大法官》一章里，用摄人心魂的笔力揭示了在原初期待不断破灭的困境中天主教会邪恶的公正。到了宗教改革，即耶稣之死以来的第二次革命时期，基督教的解体恰恰开始了。奥韦尔贝克的观点触碰到了基督教的致命之处。正是在这一点上，黑格尔的历史哲学对基督教信仰在历史中的世俗化演进进行论证就成了题中之意，它必然酝酿拯救苦难的新革命，酝酿对未来的新希望。但当革命带来更大的苦难，希望不断化成绝望时，历史还如何证明天国的降临呢？

尼采无法忍受了。与奥韦尔贝克审慎冷静的分析不同，作为敌基督的狄俄尼索斯急迫地宣布“上帝死了”，头戴蔷薇花的查拉图斯特拉大声嘲笑基督的荆冠，难道道成肉身的基督不早已经注定上帝必死？尼采彻底毁灭了蔷薇花与十字架的任何关系，他对歌德怀着崇高的敬意，却没有接受歌德这个异教徒的人道宗教。正如洛维特指出的，歌德具有的伟大的、丰富性的自由至今没有在德意志文化中结果，他也没能平息尼采身上的火焰。而被尼采称为“诡计多端的神学家”的黑格尔却教给他“变易”的理念，这个理念构成了尼采哲学的核心，也改变了西方哲学的体质。正是在对“变易”或者说“生成”的认识中，尼采彻底抛弃了黑格尔的时间观念。黑格尔像亚里士多德一样把现在看作最重要的时间环节，但他的现在却是各个时代之精神的在场，不同时代的精神前后相继连缀成在时间内运动的“时代精神”，也就是不断进步的世界历史。尽管黑格尔保持了相当的克制，但他的学生最终把在无限中的历史进步伪装成永恒。歌德则用他强健的体魄对待每一个当下的瞬间，这些瞬间均质无差异，都是永恒自身的显现，人生活中的当前就是一切，因此他对于跟基督教裹在一起的历史学深感不满，反复主张要重写历史。尼采关于瞬间的永恒轮回的说法表面上类似歌德的时间观，但与歌德的根本差异在于这是尼采克服虚无主义的尝试。在歌德那儿，虚无主义还没彻底探出它狰狞的面孔，但它存在于西方历史的每一个角落。“上帝之死”不过是作为西方历史内在运动的虚无主义的结果，《群魔》（*Demons*）中的一句“人毫无作为，却发明了一个上帝，为的是活下去，不自杀；这就是迄今为止的全部世界史”是对被基督教所掩盖的虚无主义的残酷揭露。所以，洛维特所理解的尼采的克服具有双面脸谱：它是虚无主义的自我克服，是强者的虚无主义对弱者的虚无主义的克服，是追求永恒的意志直面虚无，在决定性的瞬间达到永恒的复归，认识到“变易”以永恒轮回的形式进行。尼采希望恢复古希腊人充沛的强力，但这种超人的意志终究让尼采疯癫而亡。

即便19世纪的精神历史以及由此导致的整个思想史决定性地在尼采那里形成拐点，但因为尼采是绝对超越时代的，他不合时宜的思考对于任何时代都显得不合时宜，尤其是对尚未认识到这一点的20世纪早期而言。尼采的超人意志与在德国人意识中深深扎根的历史感形成奇异的组合，在海德格尔的早期思想里即结出这样一种果实。《存在与时间》中绽出的时间观与尼采的瞬间若合符节，黑格尔的历史性概念在这种时间观内被改造为相互不构成环节的不同时代各呈异彩的自我肯定。这使海德格尔被批评为历史相对主义者。但另一方面海德格尔又将这些绽出的瞬间看作促成民族本真历史的决断时刻，因此始终与导致极权的历史主义脱不了干系。

在流亡之前，洛维特在德国看到一幕幕光怪陆离的“面向未来”的演讲。历史性的激情在演讲中四处弥漫，演讲者以尼采所说的批判的历史感看待过去，期待当下的行动在未来创造历史。可即便今天，这种面向未来的期待何曾消减呢？黑格尔的幽灵仍徘徊在我们时代的精神中。罗森克兰茨用历史哲学的眼光看待的技术革命如今更为强化地印证着世俗的进步观。而正是以进步观为前提，伴随着技术革新的技术恐怖时时考验着我们对进步的信心，在某些不为人知的地方加重着人类的末世情结，于是明天，在趾高气扬的前进和彻底弃绝的悲观的背离中显得面目全非。在出版于 1949 年的《世界历史与救赎历史》中，洛维特曾发出这样的疑问：除了古代的循环运动和基督教的末世论的实现，是否还有其他理解历史的可能？这个疑问中隐藏的担忧是，如果宇宙既不像古人认为的那样是永恒的和神性的，也不像基督徒认为的那样是暂时的、被创造的，那么就只剩下一种可能性：单纯存在的、赤裸裸的偶然性。这种纯粹偶然的虚无想必纠缠着流亡生涯中的洛维特。它也以不可承受之轻纠缠着今天的人们，于是，洛维特的问题也就是我们的问题。

圣彼得不承认耶稣……他做得很对！

“圣彼得不承认耶稣……他做得很对！”波德莱尔这句诗带有一种恶意的快感，这是《圣彼得的否认》的最后一句，出现在诗集《恶之花》的第五部分《叛逆》中。耶稣被围，圣彼得举剑刺伤其中一人。耶稣告诫他，收回他的剑，持剑的，必死在剑下。耶稣被捕后，圣彼得三次不承认耶稣。波德莱尔显然对耶稣这第一位“新教”改革者、一位曾经的反叛者失望了。在铁锤敲击铁钉的声音中，波德莱尔甚至听到天上歹毒的笑声，他唯有借圣彼得的剑发出他的诅咒。齐泽克在《幻想的瘟疫》中提到拉康对知识分子所做的风趣划分：一种是头脑简单、满怀热情的傻瓜，一种是老谋深算、毫无节制的恶棍。此时的波德莱尔似乎属于第一种，但考虑到波德莱尔充分认识了这是“一个行动与梦想不一致的人世”，《叛逆》之后的第六部分也确实不是《美丽新世界》而是《死亡》，就像齐泽克的笑话里的吉卜赛乐师一样，他唱起了命运的最后悲歌，那么，或许可以想象波德莱尔是一个傻瓜和无赖的奇特混合体：《死亡》在《叛逆》之后并不意味着波德莱尔经历了抗争—失败—绝望的线性人生，毋宁说，傻瓜的热情正是以无赖的冷漠为底色。这样的混合体将反叛视为一种特殊嗜好，他从中获得双重快感，既来自对反叛对象的剥夺，又来自主体坚硬外壳承载起的苦难。

本雅明曾将波德莱尔的嗜好与马克思笔下的职业革命家联系起来，这种嗜好被描绘成职业性的——此处的职业应在分工意义上被理解，而非马克斯·韦伯所说的志业。加缪的杰作《反叛者》对这种职业性嗜好做出了历史性的总结，他称之为“形而上学的反叛”。在他的追溯中，反叛的起源指向普罗米修斯，可这位粗糙的提坦巨神并不适合作为人类反叛者的代表，他毕竟是一位神，是命运女神的同谋。渺小的人类只有在渺小的前提下进行的反叛才能在黑格尔所说的主奴结构中占据功能性的位置。七雄之一、登上忒拜城墙藐视宙斯的卡帕纽斯或许算一个，但他太短命了，立刻就被独目巨人的精湛技艺夺去性命。于是，加缪在另一条古代传统里找到了该隐——亚当的长子，《圣经》中的第一位谋杀者来作为我们时代反叛者的真正先祖。上帝取用了该隐的弟弟亚伯的祭物，鄙弃该隐的，该隐不服，杀死亚伯，因此被上帝诅咒，永远流浪。波德莱尔同样为他写下赞歌，即《叛逆》部分的第二首《亚伯和该隐》。该隐的荣耀不容忽视，但作为趣味性的有益补充，或许可将反叛的谱系稍稍向上延伸，并且这真正的第一个人类反叛者可能具有特别的含义，因为这是一位女性，而女性与男性的对立总被人们看作一切二元对立的原型。

这位女性叫莉莉斯（Lilith）。根据古老的犹太教传说，莉莉斯是上帝用泥土造出的第二个人，亚当的第一个伴侣，也是第一个反叛神的人。她不愿意躺在亚当的下面，逃出伊甸园，与撒旦结合，做了一切魔鬼的主母。波德莱尔《叛逆》中的第三首赞歌献给了撒旦，即《献给撒旦的连祷》。但和普罗米修斯类似，他曾经是上帝座下的天使。所以，算起来，人类反叛者的历史可以从莉莉斯开始书写。

长久以来我对莉莉斯的故事兴味盎然。几年前钟情于先锋话剧时，我将伯吉斯的名著《发条橙》改编成一出反串版话剧：剧中所有的角色都由女生扮演。在招募演员的教室里，我宣讲了一番“莉莉斯主义”，纠集起一帮中文系女生与我合作。

小说主角亚历克斯与莉莉斯的联系在于，他也是一个反叛者，一个用社会机器塑造出的方式反过来对抗社会的小恶魔。众所周知，是库布里克的同名电影让这部小说名声大噪。跟电影相比，小说结尾保留了人道主义温情的残余物，伯吉斯将矛盾的解决诉诸爱的法宝，这样的表现太过造作。《发条橙》显然不是青春综合征式的叙事，我们怎么可能在《牯岭街少年杀人事件》蚀刻出的年岁感、时间感的意义上理解亚历克斯的醒悟？他需要醒悟吗？结局类似一个基督教式的隐喻，而一切基督教式的隐喻都指向一个抽象的终极稳定结构。伯吉斯希望在爱的面纱下让亚历克斯的生活平静安稳下来，对于这样的生活而言，变易和复归将无法忍受。库布里克则不然，他不愿意被这些隐喻煽动的美丽幻象诱惑，他足够肆无忌惮，这种肆无忌惮使他的所有电影保持着一贯的水准和力量。齐泽克的说法是，库布里克没有与意识形态保持距离，保持距离的人性化姿态恰恰是因意识形态在表层符号中发挥功效。他的目的很简单，把真实赤裸裸地传达出来，无论是《发条橙》中的社会暴力还是《全金属外壳》中的军事训诫，都不是异态，而是常态，常态是非稳定的动荡不安。

莉莉斯第一个打破了伊甸园的稳定态。亚当享有在伊甸园中居住的永福的自由，前提是他必须服从耶和华的命令，不准吃智慧树和生命树上的果实——他在成为主人之前必须成为上帝的奴隶。莉莉斯由上帝造来陪伴亚当，亚当按理要做她的主子。可惜她的出逃并未将这个稳定的奴役结构彻底摧毁，夏娃被造了出来，从肋骨而生的人，天生就低于泥土捏出的亚当。不过中世纪的解经学者赋予莉莉斯更崇高的地位，尽管那不是他们的本意。在他们的解释里，莉莉斯的名字与希伯来文中“蛇”的阴性形式相近，莉莉斯其实是伊甸园中诱骗夏娃的蛇妖，米开朗琪罗所画的梵蒂冈西斯廷教堂壁画上，那条蛇就有着女子的上身、蛇的躯干。

可以说，因为莉莉斯，人最终被上帝逐出伊甸园。然而吃了智慧果的人，拥有了与神一样的自由意志和辨别善恶的能力，拥有了选择不服从的权力。但基督教教义一劳永逸地将人的被逐标示为堕落和原罪，不服从自然成为罪恶的象征。2 世纪基督教神学家、以“因其荒谬故其可信”的神学主张为人熟知的德尔图良提出了原罪的说法，生活在 4 世纪的奥古斯丁继承了它。我们不知道奥古斯丁年轻时的放浪形骸到底多大程度上影响了他的神学立场，但他为基督教立下的典范确实让人感觉他从一个极端走到了另一个极端。他将淫欲看作首要的和典型的罪恶，因为蛇首先诱惑的是夏娃，亚当一定是为了保持夏娃的女性魅力和所能获得的快感，才接过夏娃递给他的果子。在他看来，人被上帝创造时已被赋予自由意志，但人滥用他的自由意志偷吃禁果，因而丧失了向善的能力，只剩下犯罪的倾向，唯有依靠上帝的恩典人类才能得救。尽管与奥古斯丁同时代的另一位神学家佩拉纠坚决反对原罪说，坚持人类意志的绝对自由，但奥古斯丁最终成为正统，佩拉纠则被判为异端。究竟是什么原因造成这样的结果，让奥古斯丁如此深远地影响了后世基督教？如果我们无法期待历史学家为这个问题提供详尽的实情，就只能寄希望于依照逻辑对神学观念进行重构。

堕落、原罪、禁欲成为基督教的核心教条，人的放逐和不服从变得一文不值，对于堕落的人类来说，等待末日审判，恢复原初的稳定结构便拥有最高价值。齐泽克对“堕落”主题的分析，道出了其中的狡诈之处：堕落并不意味着人们丧失什么东西，恰恰是人们被判定为堕落之时，人们的过去被赋予某种他们从来不曾拥有的东西，同时剥夺了人们赋予现在所拥有的东西以价值的权力。如果现在有什么价值，那么它也仅仅是作为缺失状态，等待未来的填充。

那么，我们多少可以这样来理解奥古斯丁正统地位的确立。奥古斯丁的神学主张很大程度上受到《新约》中与保罗相关的章节的影响。与早期使徒仅仅将耶稣看作犹太教的一位先知和弥赛亚相比，保罗将耶稣由人子抬至神子的尊位，道成肉身的观念逐渐形成，保罗声称这是他从基督那里得到的独一无二的启示和新的福音。三部对观福音书之外的《约翰福音》与保罗的想法最接近。《约翰福音》中，耶稣在十字架上说的最后的话，不是《马太福音》和《马可福音》记载的："我的上帝，我的上帝，为什么离弃我？"而是："事情完成了！"这是道成肉身观念最清晰的一处表征，这句话隐含着：一切都是上帝的逻各斯的预定，一切都是神的正义的体现。马丁·斯科塞斯那部备受争议的电影《基督最后的诱惑》（*The Last Temptation of Christ*）曾在这句话上大做文章，他的革命之处在于将犹大的背叛描述为受到耶稣的指使。耶稣请求犹大到犹太教祭司那里出卖他，而在他进耶路撒冷城之前，也曾命令两位门徒去对面村庄牵来拴在葡萄树下的一只母驴和一只驴驹，因为以色列人的先祖雅各临终前预言救世主将骑着毛驴进圣城，他要实现先知的预言。既然耶稣特意命令门徒牵来两只并不在眼前的驴子，为什么不能设想他在前一天晚上特意把那两只驴子拴在那里？耶稣对犹大的指使与此有异曲同工的妙趣。整个人类的堕落不也是这样被预定的？只有人类堕落了，基督的降临和再临才成为必要，上帝以此体现他的公正和大能。神子受难，拯救人类，这是一切安排中的至高安排。不是人类的堕落需要基督的救赎，而是基督的救赎要求人类的堕落，堕落在做出堕落的判断的那一瞬间诞生了。

在以最强音宣告了基督教神义论之死亡的尼采看来，堕落不过是由一到二的生成和变易，是力与力的较量。在一而二、二而一的永恒对立的复归中，反叛者获得他的形而上学功能和地位。反叛者不是热情的单纯革命者，革命的目的仍旧是一个由幻象引导的稳定态，最终不过酿造另一个以正义为名义的骗局。至于将稳定作为压倒一切的首要目的，则是更拙劣且自欺的江湖骗术。反叛者始终相信必须将对立的力释放出来，作为钟爱二元论的异教徒，他们崇尚角力的快感。在力的对立中，差异性被解放出来，因为一方并不是对另一方的绝对否定，反倒通过与另一方的斗争肯定了对方与自己的差异，甚至他们自身就处于不断否定、不断差异化的过程中，成为不断更新的否定力量——圣彼得手中的剑。剑的要义即要么仗剑而生，要么被剑刺死。

所以，他们一开始就不相信神凌驾一切的公正，不承认上帝至高无上的一神尊位。《查拉图斯特拉如是说》的《变节者》一节传达了这样的意思："众神并非黯然而逝，他们是听到一位神宣称自己为唯一真神时大笑而死的。"

群魔的献祭

听着巴赫的《歌德堡变奏曲》，来讲些关于陀思妥耶夫斯基的事情。自从几个月前读完《群魔》（我所读的译本实际上译名为《鬼》），这支变奏曲刚刚响起时的那段旋律就常常在脑间回响，为我带来稍许的平和与安宁。现在打算写些关于这本书的东西，也刚好有机会再次聆听这支曲子。不过，舒缓的前奏总会过去，激烈、急促的变奏会将一个个音符挤压成奇形怪状的褶子和折皱，在它们叠合的缝隙里隐藏着让人窒息的事物。

谈论陀思妥耶夫斯基总显得不太符合时代趣味。生活如此惬意，我们为什么还需要让人沉重、悲痛的东西？纳博科夫显然更投大众所好，也更时尚。他强烈的个人风格、对语言的天才式驾驭，以及离经叛道的主题，很容易吸引人们的好奇心。接近陀思妥耶夫斯基岂不是自找苦吃？甚至是，自虐？纳博科夫本人也对陀氏没什么好感——当然他对许多举世闻名的文坛巨匠都瞧不上眼——说陀氏是廉价的感官刺激小说家，不过写些三流侦探小说，又笨拙又丑陋。

老实说，陀氏的文笔远远算不上一个语言大师，他的意义更多的在思想和心理层面。一位德国先生对我们说，19世纪末以来的德国大思想家，没有一个不受托尔斯泰和陀思妥耶夫斯基影响。类似的话也可以在加缪那里见到，他断言："没有陀思妥耶夫斯基，20世纪法国文学不会是现在这种局面。"在他的办公室里，仅有的两幅肖像就是托尔斯泰和陀思妥耶夫斯基的。

那位德国先生对我们讲到陀思妥耶夫斯基时，问我们有什么感受，我用了"震撼"一词，另一位朋友则说"疼痛"。很早之前也听一位朋友转述过一个看法："心肠太过柔弱的人最好不要读陀思妥耶夫斯基。"不过，心硬如石的人或许又读不进陀思妥耶夫斯基。其实，这次读《群魔》，已经没有几年前读《卡拉马佐夫兄弟》和《罪与罚》时那么投入。那时，随着情节的起伏，焦灼、仇恨、凶残、兴奋、狂热、抑郁、绝望、忏悔、喜悦、安详，种种情绪会将人卷裹进去，在此之后，一条暗流总会翻腾而上，涌出心灵的波面。《群魔》留给我印象最深的是几段思辨性的叙述。这些部分也就是尼采阅读《群魔》后所做的几段摘录。摘录作于1887—1889年尼采居留尼斯期间，分为四部分。第一部分是斯塔夫罗金自杀前给罗莎的信件的片断，其他三部分分别命名为《关于虚无主义者的心理》《无神论的逻辑》和《作为民族属性的神》。其中，前两部分涉及基里洛夫的理性的自杀观念，最后一部分则是沙托夫的带有斯拉夫主义色彩的神学信条。每一个因《群魔》而不安的人，都会胶着在这四个片断上。

或许还需要补充一段，即1871—1872年《群魔》在《俄罗斯通讯》连载时被编辑卡特科夫要求删去《在季洪那里》一章，后来这一章以《斯塔夫罗金的忏悔》为名单独出版。这部分讲述了斯塔夫罗金接受沙托夫的建议，拜见居住在城郊的季洪大主教（这个人物和《卡拉马佐夫兄弟》中的佐西马长老都以18世纪俄罗斯的圣季洪大主教为原型），向他忏悔早年在彼得堡荒淫无度的生活。在那里他强暴了11岁的少女马特廖莎，当他看到马特廖莎将投缳自尽时，斯塔夫罗金一个人坐在自己的房间，静静等候了40分钟。从此之后，他便以一种自我惩罚、自我毁灭的方式寻求宽恕，但他又不希望得到任何人的宽恕，尤其不接受基于信仰的、来自基督的宽恕。他出于一种高贵的自傲，首先便是自己决不宽恕自己。他告诉主教，要发表一篇自述，坦白所有这一切。主教劝说他，更大的牺牲是放弃这一自傲的举动。斯塔夫罗金的回答很奇怪："我若是听您的，就会有个归宿，就会养儿育女，成为一个俱乐部的会员，假日还来到修道院。"斯塔夫罗金不可能真诚地忏悔，在这里可以听到海因里希·冯·克莱斯特（Heinrich von Kleist）在一篇短篇小说结尾处的回音："即使下地狱，也不忏悔。"这是面对世界上和人心中的罪恶发出的对人类所有罪行的控诉，而被告是造物主。

德国先生后来有些奇怪，他觉得陀思妥耶夫斯基思考的是"上帝死了"之后的问题，是欧洲人的困境，并不信仰上帝的中国人似乎没道理有这类焦虑。我当时不知道怎么准确回答，后来想想，如果按照海德格尔定义的"虚无主义即最高价值的自行贬黜"，那么对于中国人来说，问题同样是：我们不再有任何确定的价值，我们不知道什么是真善美，我们也不知道一种善好的生活是什么样子，我们也没有任何对于善好生活的希望，我们可以否定一切，包括自己。

《群魔》刻画的，是早在19世纪的俄罗斯就已然出现的价值虚无的背景下，以斯塔夫罗金为核心的一群虚无主义者的群体肖像。陀思妥耶夫斯基在他临终前关于普希金的演讲中，总结了虚无主义者的特征："这类人不守安分，不满于任何持存之物，不相信自己的故乡和这片土地所蕴含的力量，彻底否定俄罗斯，也否定自身（或者更准确地说，否定自己所属的社会阶层——整个知识阶层，这个业已脱离了我们民众土壤的阶层）。这类人不愿与自己的民众同胞有任何共同之处，而且确实真诚地为这一切所折磨。”（海德格尔在关于尼采的讲授课中的《欧洲虚无主义》一章开头曾引用了这一总结。）不能简单地认为陀氏在对虚无主义者进行批判，虚无主义不是文化现象，而是形而上学的必然运动；不存在批判虚无主义这回事情，尼采和海德格尔都只谈到对虚无主义的克服。斯塔夫罗金在陀氏晚期的《卡拉马佐夫兄弟》中演变为伊凡这一角色，正是借伊凡之口，陀思妥耶夫斯基创作了《宗教大法官》的传说，后来每一个思考形而上学和神学问题的思想家都不得不面对传说中提出的问题。为人们所知的是，陀氏为整部书的章节划分花费了三个月时间，而创作这篇渎神（还是颂神？）之作只用了三个星期。深谙俄罗斯精神特质的东正教神学家叶夫多基莫夫说过这样的话：“俄罗斯人或者与上帝同在，或者反对上帝，但是永远不能没有上帝。19 世纪 60 年代一名虚无主义者正是从他的无神论中造出他的神性绝对物的。”

从 20 岁起就被《群魔》纠缠的加缪在相隔一定的历史距离后，做了更普遍、更感性的描述：“这些灵魂不能够爱，又为不能爱而痛苦，虽有愿望却又不可能产生信仰，这也正是今天充斥我们社会和我们思想界的灵魂。”并且坦承：“他们同我们相像，都有同样的心灵。”加缪将《群魔》改编为话剧搬上舞台，基里洛夫的自杀逻辑“谁如果仅仅为了战胜恐惧而自杀，谁就证实了人的完全的、绝对的自由，谁就立刻成为上帝”成了《西绪福斯的神话》的核心。

在小说结尾，陀思妥耶夫斯基描述了一种复活的期待（《罪与罚》和未完成的《卡拉马佐夫兄弟》也以类似的情景结束）。通过教育了群魔的教师斯捷潘·特罗菲莫维奇的临终忏悔，陀氏讲述了《路加福音》中的一个故事：附身于病人的鬼被驱逐出去，附在一群猪身上，猪群奔跑，落水而亡，病人坐在耶稣身旁，已经康复。通过这段经文，陀氏表达了《群魔》的主题：当虚无主义导致人的一种彻底败坏而自我毁灭之后，人将获得新生。虚无主义的群魔使自身成为对新生的献祭。这一逻辑在尼采思想中的对应物是极端异化后对超人的呼唤，在海德格尔那里被具体规定为“无救之为无救，正指示了得救之路”。

再回头说说这本小说的译名。小说的德译名是 *Die Dämonen*，也被解释性地称为 *Geister*。Dämonen 是一个源于希腊语的词，指人神中介的精灵，在基督教传统中则用来指称撒旦及其附庸诸魔，而在德国 18 世纪古典主义运动时期却又成了天才的代名词。Geister 的词根为“精神”

（Geist），一般译为精灵，尼采的《人性的，太人性的》（*Menschliches, Allzumenschliches*）副标题就用了此词，即“一本献给自由精灵之书”（Ein Buch für freie Geister）。娄自良先生译作“鬼”，大概更多地考虑的是那段《圣经》经文中的意思，但就全书而言，似不如“群魔”妥帖。

最后的《威廉·退尔序曲》

距离上次阅读《见证》（*Testimony*）已经差不多过去五年了。那时候一位热爱古典音乐的朋友将书借给我，说这本书已经很难在市面上寻获，于是好生珍惜地捧读了一番，记得是过年回家坐在自己的小床上伛着背读完的。没想到这本出版于 1998 年，印数不过 6200 册，属于“流亡者译丛”的书，在出版后的第八年竟出现在特价书店，被我幸运地弄到手。

前阵子有个朋友说，每个喜爱古典音乐的人都会找到属于他的一首乐曲。不知道我是否找到了这样一首乐曲，但想来我跟肖斯塔科维奇[1]蛮投缘。第一次读《见证》那会儿刚开始听古典音乐没多久，下载了他的交响乐全集，好几次在

1　德米特里·肖斯塔科维奇（Dmitri Shostakovi），苏联著名作曲家、钢琴家。——编者注

寝室听得误了上课时间。有一年收到一份圣诞礼物，是肖斯塔科维奇的《二十四首赋格曲》，让人爱不释手。2006年他100周年诞辰的前几天，又鬼使神差地听起《第十四交响曲》和《第十五交响曲》，而当时我对他的诞辰日并不知情。

但我不敢说对肖斯塔科维奇和他的音乐有多少理解，尤其在重读《见证》之后。《见证》的记录者所罗门·伏尔科夫（Solomon Volkov）在序言里称肖斯塔科维奇在很大意义上是陀思妥耶夫斯基笔下的“地下室人”，可我越读《见证》越觉得不像。人们在提到某个杰出的俄罗斯人时总会用陀氏比附，因为他是俄罗斯精神的伟大象征。我知道一些人，他们陷入“地下室人”的状态，身上带着《罪与罚》里拉斯柯尼科夫的影子，在《见证》里我却找不到那种感觉。

大概我对俄罗斯精神、对陀氏的理解都有偏差。可不是吗？卡拉马佐夫兄弟除了伊凡还有德米特里和阿辽沙。认为“理智不仅能认识存在而且能修正存在”的人总容易跟伊凡亲近，但我们不该忘了德米特里，两个德米特里，还有《罪与罚》里的德米特里·拉祖米欣，他们代表了另一种俄罗斯气质——伏特加气质。

肖斯塔科维奇大概从他亲爱的、像河马一样的老师格拉祖诺夫身上继承了这种气质。格拉祖诺夫上课时从来不离开那张院长长桌，像个大娃娃坐在那儿。娃娃总要找奶头，格拉祖诺夫找的是藏在抽屉里的橡胶管，吸出来的是酒精。

伏特加确实是好东西。那时候斯大林痛恨一切优美的艺术，禁止在苏联上演莎士比亚的任何作品。不知道戏剧导演尼古拉·阿基莫夫（Nikolay Akimov）怎么弄到了导演《哈姆雷特》的许可，他诱惑肖斯塔科维奇跟他合作，在他的剧本里奥菲利亚是喝酒淹死的，掘墓人的台词变成了“喝还是不喝？这是一个问题。”立刻有人纠正这个怀疑主义者：“还用问？当然喝！”看来相似的政治威权下人们找乐子的方式也相似。

所以我想不能完全从俄罗斯思想中的最高纲领主义来理解所有俄国知识人。这条纲领说的是冲破一切界限，注目深渊的不可遏制的欲望，是对绝对之物的永恒的、不可息止的渴望。神学家叶夫多基莫夫总结了这条纲领，并说陀氏属于这条纲领：“如果没有独一的必然，没有永恒，没有无限，俄罗斯人或迟或早必定要弃绝于暂时和相对之物；出于这种需要，他摧毁了历史，自愿沉沦于虚无之中。”

可肖斯塔科维奇是怎么理解永恒的呢？他记得伊尔夫的笑话。有条广告，宣传用来捅煤油炉的永远用不坏的针，伊尔夫看到了说：“我要永远用不坏的针干吗？我不想永远活下去，即使我永远活下去，这煤油炉能永远存在吗？这太可悲了！”

肖斯塔科维奇是个音乐家，音乐家跟一般知识人的思维不一样。怎么说呢？酒神精神和苏格拉底精神的对立。只会用文字来表达的人太可怜了，我无法想象音乐家们用美妙的音符表现世界和自我时那种神奇的状态：坐在钢琴前，来首即兴创作，像书里说的，“包含着愉快的回忆和联想”。

是否应该承认尼采的说法，音乐高于知识呢？我不知道，但我肯定，音乐高于电影。我喜欢好几个俄罗斯人，电影导演塔可夫斯基是其中之一。这次重读，我在书里留意到他的名字，以前还不认识。他受到肖斯塔科维奇的指责，这位当时的年轻人在拍摄《安德烈·卢布廖夫》（*Andrey Rublyov*）时干了件放火烧牛的事。不得不说，电影是种受到很大限制的艺术形式。尼采一定会鄙视它，因为电影力图真实、细腻地刻画现实，而非创造现实。

不过上面说的两种俄罗斯精神是否互相对立，要看我们怎么理解。肖斯塔科维奇当然是真正的俄罗斯人，他的心灵不属于西方，不属于欧洲。《见证》被收在“流亡者译丛”里，我不想强调“流亡者”的政治含义，谁不是流亡者呢？奥地利诗人格奥尔格·特拉克尔（Georg Trakl）有句诗，“灵魂，大地上的异乡者”，写得多好。

肖斯塔科维奇好几次强调他和斯特拉文斯基[1]、普罗科菲耶夫[2]这些流亡者不一样，他们吃的是欧洲人的奶。他去过一次美国，这于他是一次痛苦不堪的回忆。他也不信任那些伟大的西方人道主义者，不喜欢萧伯纳和罗曼·罗兰，尽管他们喜爱他的音乐。这些人在苏联好吃好喝一通，回国后就向世人描绘一个地上的人间天堂，他们真有那么愚蠢吗？

这种人道主义者今天也一点不缺，不过跟萧伯纳之流不太一样。就像指责肖斯塔科维奇为什么在那么多文件上签字一样，这些人道主义者谴责生活在独裁、威权下的人——或者是别国的人，或者是自己的父辈——为什么没有坚持道德立场。谁有资格轻易做出如此的道德谴责呢？肖斯塔科维奇提到一个很有才华的诗人，革命前写背叛啊、玫瑰啊、眼泪啊，十分动人，革命后写“为了食物，任何卑鄙的勾当我都可以去干”。他挂了个写着“诗人”两字的牌子去乞讨，得到很多钱，晚上就去高级饭店大吃大喝。他比很多人强，大多数人做了却不敢承认。

1　伊戈尔·斯特拉文斯基（Igor Stravinsky），美籍俄裔作曲家、指挥家和钢琴家，“二战”爆发后由苏联前往美国谋生。——编者注

2　谢尔盖·普罗科菲耶夫（Sergei Prokofiev），苏联著名作曲家、钢琴家，十月革命后为躲避战乱周游世界，1932年返回苏联定居。——编者注

如果陷害朋友能救自己的命的话，谁能保证不会那么去做呢？别那么快就理直气壮地下结论，多想想康德的问题：当古希腊僭主法拉里斯把架在火上的铜牛拉到你的面前时，你是否能坚决不做伪证？所以，我想，别动不动从道德上指责别人，不要想着靠人道主义可以拯救全人类。肖斯塔科维奇说得好："不要想一举拯救全人类，要从救一个人开始。这要难多了，帮助一个人而不伤害另一个人是很难的难事。"

在这点上，肖斯塔科维奇特别表现出了俄罗斯人的悲悯之情。我才知道他生前的最后一部作品是《列比亚德金上尉诗四首》。列比亚德金这个《群魔》里的可怜鬼，耻辱地活着，人人唾弃，最后像狗一样被杀死。陀氏描写他不是为了耻笑他，现在肖斯塔科维奇又用音乐给他做了墓志铭。"当我们脏时爱我们，别在我们干净时爱我们。干净的时候人人都爱我们。"这是东正教文化下的俄罗斯人特有的悲悯。

《姆岑斯科县的麦克白夫人》这部歌剧也符合俄罗斯的这一传统：对罪犯的怜悯。契诃夫曾到库页岛改善罪犯的处境，陀思妥耶夫斯基说过，当他是个罪犯时有个小女孩给了他一戈比。麦克白夫人为了爱情什么都愿意做，甚至谋杀。通过音乐，她被赦免了。

肖斯塔科维奇的作品总是充满悲痛、冲突与抗争的动机。他说他的交响曲多数是墓碑，为无数知名的和不知名的死者立下的墓碑。《第十四交响曲》题为《亡灵之歌》，里面的歌词都是关于死亡的诗句。“一百个狂恋的情人都已安眠。在那干土深处，红沙为圃。在安达路西亚路上，到处是绿色的橄榄树。在哥多华街上，竖起一个十字架，一百个狂恋的情人，都已经安眠。”这是西班牙诗人洛尔迦的一首死亡狂想曲。他想表达这样的主题：“死亡是最大的权能。”

但他对死亡的表达又穿插着浪漫的动机，他没有让某种极端化的情绪淹没自己，正如《见证》里始终充满幽默和讽刺。当涉及他的那个“历史性决议”[1]撤销时他说了些什么呢？尼古拉一世反对某桩婚姻，他宣布：“我命令，这次婚姻无效，大家要认为她是处女。”但肖斯塔科维奇无论如何都觉得自己不是处女了。在那个充满苦难的时代，那真是一种很强大的智慧和力量，像他喜欢的犹太民间音乐，用喜来表达悲，含着眼泪笑。

在他的音乐里能感受到欢笑吗？很难，苦中作乐本就

1　1948 年 2 月联共（布）中央发布《关于穆拉杰里的歌剧〈伟大的友谊〉的决议》，对肖斯塔科维奇、普罗科菲耶夫和哈恰图良等音乐家展开大批判，指责他们的形式主义作品与苏联人民的审美趣味背道而驰。在此之后，肖斯塔科维奇的生活和创作陷入非常艰难的时期，在这段时期他创作的许多优秀作品都无法公演，直到斯大林去世。

很难。不过令我印象很深的是《第十五交响曲》第一乐章有一段反复出现的《威廉·退尔序曲》，明快、热烈，是肖斯塔科维奇小时候最喜欢的旋律，是他的音乐肖像。《见证》就像这段《威廉·退尔序曲》，交织在命运的悲歌中。

我们可能活在“黑客帝国”吗？

故事可以从庄周梦蝶讲起。当然，这个故事大家都知道，讲的是庄周对现实和梦境何者为真产生了怀疑。中国第一个怀疑主义者。然后我们再来讲近代西方的头号怀疑主义者笛卡儿。笛卡儿将怀疑看作一种严格的思考方法。他对周围一切事物的存在都产生了怀疑，先是外部的感官世界，然后是内在的感知、回忆，接着是数学知识，在那个时代还包括上帝。最后他发现一个不可怀疑的对象，就是进行怀疑的自我本身，因为一旦对怀疑本身产生怀疑就会导致悖谬。于是得出那条著名的原理：我思故我在。

20世纪的怀疑主义者普特南讲了一个科幻小说版本的怀疑论。他在1982年出版的《理性、真理与历史》(*Reason, Truth and History*)一书中提出“缸中之脑”假说，大意是，我们想象自己是被一个邪恶的科学家放在培养缸中的大脑，上面插满电极，我们的所有感知都由电子信号刺激产生，这可能吗？看过了《黑客帝国》（*The Matrix*），就很好理解“缸中之脑”假说了。我们不禁会想，“黑客帝国”可能吗？

接着再来聊聊齐泽克。在他 2002 年出版的著作《因为他们并不知道他们所做的》（*For They Know not What They Do*）中，这位综合了黑格尔和拉康的斯洛文尼亚精神分析学家要说些什么呢？在他看来黑格尔的辩证法和拉康的精神分析法是对同一母题（matrix）——这是齐泽克特意使用的一个词——的不同解释。而在我看来这同一母题就是母体（Matrix）。

齐泽克喜欢用笑话和电影来分析问题，可以用书中提到的一部电影来说明他的问题与《黑客帝国》的同构性。《第六感》讲述了精神病专家布鲁斯遇到一个有超自然能力的小孩，这个小孩能看见死人的幽灵，并且意识不到他们都是死人。在电影结尾观众会发现，布鲁斯其实也一直是个死人，是小孩唤醒的另一个幽灵。这部电影不承认笛卡儿的结论，它描写了这样的结局：不仅周围世界是虚构的，我（布鲁斯）也是虚构的。

这与《黑客帝国》有什么关系呢？在《矩阵革命》[1]公映后，广大粉丝对影片进行了种种解读，其中一个版本是这样的：不仅那所谓的现实世界是母体的数字技术的产物，锡安反抗军也是母体为了维持世界平衡而创造的另一套程序。很明显，这个版本的解释跟齐泽克所分析的电影具有相同结构，它们都是缸中之脑的极端化：一个脱离了电极刺激所产生的虚拟世界并且重新获得自己身体的大脑，发现自己所进入的真实世界不过是更高一层的虚拟世界。太可悲了！

不过可以借此来形象地解释齐泽克的理论。齐泽克师承拉康的精神分析学，其中一条重要理论即象征界、想象界和实在界的三重划分。这三个深奥的术语是什么含义呢？虽然未必准确，但未尝不能试着从这个角度来理解，就是说母体构造的虚拟世界即象征界，锡安城是想象界，母体则是实在界。象征界意味着用符号，比如数学公式、物理定律等对世界所做的描述，虚拟世界便是将这些符号描述统统整合在程序中再加以具象化。《黑客帝国》中有一幕经常出现的镜头可以很好地说明这点：反抗军对着电脑屏幕监视虚拟世界，虚拟世界中的一切景物和事件在电脑屏幕上都还原为符号 1 和 0。想象界是具有非理性力量的领域，激情、勇

---

1 《矩阵革命》（*The Matrix Revolution*），《黑客帝国》电影三部曲的最后一部，于 2003 年上映。——编者注

气、爱和神秘事物，救世主尼奥和反抗军们代表这些。实在界则是恐怖的、令人惊骇的真实，影片最后出现的母体之城成功地刻画出这种效果。

不过齐泽克的理论并不止于此。这三个领域中又分别可以按照象征、想象和实在划分出三种样态，如同反抗军认为自己已经脱离虚拟世界进入实在界，实际上很可能不过是进入了另一套程序，这套程序按照想象法则运行，而尼奥最后来到的母体之城也不是最终的实在界，只是一个实在样态。也就是说，虚拟世界、锡安城和母体之城只是象征态、想象态和实在态这三种样态，在它们之上还有更高一层世界。这种情况就是书中经常提到的双重镜像，意思是一面镜子所映照出的一切和这面镜子自己又被另一面更大的镜子照出来。可以不止双重，甚至三重、四重以至无穷。其中的深层含义即齐泽克在书中"第二版前言"开始所承认的贯穿全书的一点：实在界始终不可接近，一旦我们认为更接近真实了，真实就会抽身离去。

书中有个故事鲜明地体现了这一结构。1953—1973 年担任美国中央情报局反间谍头目的詹姆斯·安格尔顿（James Angleton）始终相信克格勃有一个秘密渗透西方的恐怖计划，中央情报局有无数克格勃安插的内奸，社会主义阵营的不统一也是克格勃制造的东方弱势假象，所以他认为所有克格勃叛逃者都是间谍，于是把他们统统遣送回国，在那里等待他们的只有死刑。结果，安格尔顿一个内奸也没抓到，却造成情报系统瘫痪。中情局高层最后得出结论，安格尔顿本人才是头号内奸，他成功地使反苏联情报系统瘫痪。齐泽克却提出进一步的设想，也许克格勃真正的恐怖计划就是让安格尔顿认为他们有上述那么一套恐怖计划。

回到我们最初的问题："黑客帝国"可能存在吗？舒口气，现在，我们可以确定无疑地说，"黑客帝国"不可能存在，奥妙就在双重镜像上。如果我们生活的世界是一个智能电脑设计出来的虚拟世界，那么有如此智能的电脑完全应该想到，它自己也处于一个更高层级的电脑设计出来的虚拟世界中。有了这种想法该怎么办呢？动画版《黑客帝国》讲了好几个感觉到自己生活在虚假的数字世界中的人如何宁肯舍弃生命也要追求真实的故事，有足够智能的电脑同样也会立刻自爆，而它一旦自爆，虚拟世界便荡然无存。但我们生活的世界一切如常，由此得证："黑客帝国"并不存在。

第二辑

自由与责任

施特劳斯的邪恶轴心：一个偏执的自由主义者的妄想

德鲁里女士[1]“令人惊讶地”罗列出一长串曾经或仍旧活跃于美国政治舞台上的所谓施特劳斯主义者的名单，这些人身居要职、名声显赫。她也没有忘记为共和党起草纲领性文件《与美国的契约》（*Contract with America*）的议会发言人纽特·金里奇（Newt Gingrich）寓所里长期聚集的基督教联盟的说客。当然，她还提到《纽约时报》的一个说法：“施特劳斯是1994年共和党《与美国的契约》（*Contract with America*）之政纲的教父。”德鲁里女士丰富的联想能力让她从这些千丝万缕的关联中感到一阵巨大恐惧，她发现广大美国人民很可能生活在一个叫作施特劳斯的犹太裔德国

1　即莎蒂亚·B. 德鲁里（Shadia B. Drury），加拿大学者，《列奥·施特劳斯与美国右派》（*Leo Strauss and the American Right*）一书的作者。——编者注

流亡学者一手编织、培育起来的邪恶轴心组织的阴谋统治下，即便这个阴谋还没实现。如果不将它戳穿，灾难终会到来，整个自由民主政体将岌岌可危。

德鲁里女士的这番杞人之忧与被她斥为与新保守主义有共同喜好的反犹太分子帕特·罗伯特的异想天开堪称伯仲，后者将世界历史叙述为犹太人、共济会员和国际金融家的一场阴谋。当然罗伯特的奇思妙想远非首创，自中世纪以来就有种种类似攻击犹太人的谣言，20世纪初在俄国流传、后来成为希特勒迫害犹太人的口实，至今仍被《哈马斯宪章》采纳的《犹太人贤士议定书》（*The Protocols of the Elders of Zion*）是其最著名的版本。德鲁里女士倒也谦虚地承认新闻记者早就揭露出施特劳斯主义者自老布什政府以来对美国政策产生了令人不安的影响，不过，她大概想成为学院里的“深喉”以及“施特劳斯门事件”的揭秘英雄。正如美国记者们将水门事件视为典范，从而将此后的诸多政府阴谋和丑闻冠之以“门”的称号，德鲁里女士也从中发现了政治阴谋的好莱坞式样板剧情，她用这种剧情描画施特劳斯所产生的思想影响。

可惜的是，政治思想并非如政治事件那样可以发现确凿的因果实证，德鲁里女士于是使用了危险而可疑的“逻辑思路”——施特劳斯的政治哲学与美国新保守主义的意识形态有着必然的逻辑关联，他们分享共同的核心论题，施特劳斯的思想潜藏着“政治操纵”的主题。顺着这条逻辑思路，她顺藤摸瓜揪住了施特劳斯的思想源头：他对犹太遗产的继承，他的德国渊源海德格尔和施米特。后两位与纳粹摆不脱的干系尤其让德鲁里女士兴奋不已，显然，证明了施特劳斯与他们的思想亲缘，也就坐实了他与极权统治的暧昧纠葛。所以，在讨论海德格尔思想与纳粹的关系问题时，德鲁里女士一方面借助施特劳斯对海德格尔的批判——海德格尔的哲学直接将他导向纳粹，一方面又力图证明施特劳斯并不像他自己认为的那样与自己的老师划清了界线。她搬起施特劳斯的石头砸了施特劳斯的脚，非常聪明，在贬低了施特劳斯的智商后她确实显得很聪明。

事实上，这种精神连坐法的伎俩并不鲜见，德鲁里女士的自由主义前辈卡尔·波普尔在《开放社会及其敌人》一书中就将自柏拉图至马克思的诸多哲人划归为历史主义者，把他们看作极权主义的思想根源，统统打入开放社会的敌人阵营。从德鲁里女士的一句叫嚣——“毫无疑问，德国浪漫主义促成了德意志民族病态的民族主义，并点燃了对犹太人杀气腾腾的仇恨”——中，仍然可以听到波普尔的回音。波普尔坚定的敌友划分为他在“冷战”时期赢得了英国女王授予的爵士头衔，谁来为德鲁里女士戴上英雄的桂冠呢？她是为了给前辈报一箭之仇吗？波普尔在20世纪50年代谋求芝加哥大学教职时，曾被施特劳斯和另一位政治哲学家沃格林联手封杀，在两位思想家看来，波普尔纯粹是不学无术之徒。并不需要深入分析，想象一下，一位柏拉图学者皓首穷经钻研柏翁思想，波普尔却在一本著作中将诸多思想大家逐一批判，着实让人生疑。德鲁里继承了波普尔的恶习，相比施特劳斯一生埋首解读经典，笔耕不辍，她研究施特劳斯的著作从1988年到1997年不过薄薄两本，便号称批判施特劳斯。其著作中译本在前言中倒也明言，德鲁里在“学术上”不一定有多大贡献，可还是给她戴了顶“敏感的洞察”的高帽子。那么，这位近二十年前写了本研究一个当时鲜为人知的学院知识分子的著作（《列奥·施特劳斯的政治思想》），十多年后借着媒体炒作凭这本口水论战集俨然成了“公共知识界”施特劳斯专家的人有着怎样的敏感洞察呢？

这种逻辑推进如何面对尼采的这一反驳：尼采在《道德的谱系》开篇说道，所有思想都在至深根源上缠绕交织，一棵树木必然生出同一种果实，“我们的果实合你们的口味吗？但这与那棵树有何相干？这与我们，我们哲人有何相干？”德鲁里女士会喊道：“砍掉那棵树！让‘自恋的’哲人闭嘴！”

并非只有德鲁里女士会使用思想株连罪式的审判。德鲁里批判的敌人卡尔·施米特 1939 年写下一篇文章《中立与中立化——评施泰丁的〈帝国与欧洲文化之病〉》，标题中提到的著作将布克哈特、尼采、格奥尔格（Georg）、托马斯·曼、弗洛伊德和卡尔·巴特等人一应划入“其终极目的为非政治化、中立化、无决断状态、虚无主义，而最后则是布尔什维主义的文化阵线”里，1939 年的施米特仍旧明白混杂树敌的可疑，他提到一句俗语“不要审判，免得你们自己受审判”。德鲁里女士显然没听过这句经验之谈，于是她也不得不接受“审判”——用思想株连罪对待一个人是轻而易举的勾当，欲加之罪，何患无辞呢？从参加“一战”的德国士兵背包里发现最多的是《格奥尔格诗集》，《荷尔德林诗集》被像弹药一样送上“二战”战场，于是二者与好战成性的德意志民族主义不仅有逻辑关联还有历史关联，那么从参加“越战”的美国大兵裤兜里搜出《花花公子》能说明什么呢？美利坚民族色情狂式的帝国主义吗？

况且以子之矛攻子之盾，并非全然无道理。德鲁里女士一心拥护的自由主义凭什么能逃脱这种逻辑审查？她要让我们唱一曲自由主义的赞歌吗？“自由啊并且主义！过往一切思想都肮脏无比，唯有你纯洁无瑕，有如处女！”

因此她指责阿兰·布鲁姆（Allan Bloom）混淆了自由主义现实与自由主义理想，否认“美国自由社会是自由主义理想的现实体现，或是这些理念的逻辑的、不可避免的结果”，她仍旧保持对资本的疯狂逐利、个人生活的冷漠放纵和虚无主义的批评。奇怪，这些不正是她所尊敬的密尔所说的为了自由必须付出的代价吗？甚至这些不就是自由主义的自由本身吗？难道，德鲁里女士有着更高尚、更光荣的自由主义理想，以及更崇高的梦幻？若是那样，“为崇高的梦幻忍受痛苦，当然比受益于肮脏的现实并摇摆其间更高贵”，施特劳斯这句让她嘲笑的话对她这样的自由主义者倒更合适。

什么样的自由主义者呢？伪自由主义者！这位伪自由主义者处处表示出道德义愤。荒谬！从自由主义理论中无法衍生任何关于道德问题的实质性见解，对于自由主义只有严格的、实证的合法性，只有法律维护的个人权利，除此以外谈论什么个人道德？自由主义者没有理由指责任何一组约束条件下个人的自利行为，只要当时的法律允许，即使背叛、告密、出卖也无罪；从自由主义的政治理论中也无法为任何一种伦理学提供奠基性说明，它只能告诉人们，我们拥有在功利主义、义务论、美德理论等种种伦理学中选择的自由。德鲁里女士却为了印证自己的道德崇高感表示出对写下《鲜花圣母》（*Notre-Dame des Fleurs*）、《玫瑰奇迹》（*Miracle de la Rose*）的“皮条客、同性恋者、小偷和向纳粹领赏的告密者”让·热内（Jean Genet）的不齿，以此证明存在主义的极端个人主义伦理学“违背传统和人类共享的行为准则”，甚至不惜拉出美国诗人爱默生一块陪斩，因为后者鼓励人们忠实于内心魔鬼的声音。德鲁里不是诚实的自由主义者。诚实的自由主义者必定是相对主义者，相对的相对主义者或绝对的相对主义者，前者保留自己的价值观，不对其他价值观发表意见，后者没有任何自己的价值观，什么都可以，只要不犯法，虚无主义者是他们的另一个名称。自由主义者只能坚守一个中立领域——技术化计算的经济利益领域。

亚里士多德说，愤怒是唯一需要陈词和说理的激情。研究施米特的海因里希·迈尔（Heinrich Meier）问过，施米特的道德义愤来自何处，他深入研究了施米特坚定的启示信仰。德鲁里女士的道德义愤却是无源之水、无本之木。

德鲁里女士时不时嘲笑对手是玩火自焚的魔法小学徒，其实她自己更像。她声称美国立国思想中没有任何亚里士多德的东西，因为他设定了某种特定的善，而《独立宣言》奠定下的个人权利优先于特定的善，那么自由主义肯定不是为了追求某种善好的生活，而是为自由而自由。她也确实说自由和美德具有同等价值，人们却必须在二者之间排出次序，自由主义选择了自由，便坦然面对美德的丧失。可令人困惑的是，她又承认不同政治共同体可能代表相互冲突、不可公度的善，一会儿又说还有传统和人类共享的行为准则。她引证德沃金对商业主义的批评，批评商业放纵危及个人自由，以及个人将自己的信念和传统传给其子孙的自由。这个批评本就站不住脚，难道德鲁里女士的子女混乱放荡时她该打他们的屁股吗？

在美德和自由之间进行选择一说在更致命的一点上让德鲁里女士自打耳光。既然承认她的右派对手有选择美德的自由，作为一位自由主义者，为什么不维护这种自由呢？她没有古典自由主义者“虽然不同意你的意见，却誓死捍卫你说话的权利”的风度，立刻指称选择美德就会扼杀自由，引申的结论自然是必须扑灭右派将美国推上美德之路的自由。

德鲁里女士还处处表明自己的真诚——对真诚信仰的真诚赞美，对施特劳斯掩盖丑陋真理的“高贵谎言”表示恶心。可真诚的基督徒一旦加入右派民团，真诚的清教徒一旦放弃自由主义，她就无法忍受了。她会立刻猜测一定有人在背后操纵。她同样拒绝海德格尔对个人本真性的追求。大概在她看来，要真诚，但不要足够真诚。看来是她而不是施特劳斯“深受一种自欺的严重状况的折磨”，忍受着“严重性格变态的灵魂谎言的痛苦”。

其学术上的浅薄无知更让人无法忍受。仅仅因为施特劳斯对哲学之爱欲（Eros）的重视，她便讥诮施特劳斯的思想诲淫诲盗、充满色情。当她读过莱辛的几部剧作后便自认为理解了莱辛要说的一切，她说莱辛没有隐秘的思想，莱辛相信理性可以解决宗教的争端，可我们至少从威廉·狄尔泰（Wilhelm Dilthey）研究德国文学的名著《体验与诗》（*Das Erlebnis und die Dichtung*）中就能看到支持施特劳斯的说法。[1] 她对尼采的了解大概仅仅限于“超人”和“金发野兽”这两个名号。她洋洋自得地声称自己曾指出施特劳斯的自然法概念是马基雅维利式的“结果论”。也许她的逻辑也不大好，自由主义的功利主义和实用主义色彩何曾摆脱过这种结果论？

对施特劳斯学派的批判性研究自然值得展开，可惜德鲁里这本书粗制滥造、一无是处。德鲁里总结的新保守主义之“新”也毫无新意：她认为新保守主义丧失了老保守主义的温和与谦逊，变得激进而危险。激进保守主义早就不是什么新鲜事物，哈贝马斯1980年的观点：始于施特劳斯的“旧保守主义”，“首先是不让自己受文化现代性的丝毫污染”（《现代性：一项尚未完成的事业》），就已经明确其激进特征。但思想上的激进未必代表实践的激进，德鲁里过度强

1 参见威廉·狄尔泰著，胡其鼎译，《体验与诗》，生活·读书·三联书店，2003年，第19页、第76页及以后。

调右派的激进特征方才显得激进，一种急于将对手置诸死地的激进。德鲁里女士扬言自由辩论能实现真理，自己却总显得真理在握。比起布鲁姆坦承“帕斯卡说我们知道得太少因而当不了独断论者，但又因为知道得太多不能成为怀疑主义者，这个说法完美描述了我们现在真实经历的人类状况”[1]，德鲁里显得毫无风度。

1 参见阿兰·布鲁姆著，张辉选编，秦璐等译，《巨人与侏儒》，华夏出版社，2003 年，第 300 页。

作为“反政治”的政治

当范美忠表现出的某种自由主义精神被指责有“反政治”嫌疑时，首先请问，政治事物的容身之所何在？

自由主义被指责为“反政治”并非什么稀罕事。早在20世纪初各类政治运动此起彼伏，极左和极右的政治动员遍布东西各国时，自由主义就招致如此批评。卡尔·施米特在他1927年出版的名著《政治的概念》中开宗明义：“政治的定义即划分敌友。”本着此一定义，施米特发起了对自由主义的尖锐批判。施氏分析的简明逻辑如下：自由主义以个人的自利或谓个人的权利为其立论基础，这将导致两个必然后果，一是自由主义视个人权利（rights）为天赋，神圣不可侵犯，从而居有绝对正当（right）的地位，因此，任何反对此一正当性者便在自由主义者的政治行动中被划归为彻底遭贬低的绝对敌人，必欲除之而后快。由此，自由主义的国家机器将一改有限的敌友划分前提下的有限战争局面，发动彻底消灭敌人的全面战争。二是囿于自利的经济活动领域内，生活被娱乐、消费所全面规制的个人，将没有任何能力划分敌友，因为他不再会以某种精神和价值上的凝聚界定自己的朋友，也不再会以某种精神和价值上的对立界定自己的敌人，而不能划分敌友的人也就丧失了参与政治的能力和资格，成为尼采意义上的"末人"。两个结论相结合，自由主义的顽症便是，自由主义理论打造起来的国家机器携普世价值之名，欲毕其功于一役，消灭所有反普世价值的敌人，导致"非人"的全面战争，而通过此一战争建立起来的国度不过是将所有人都去政治化亦即"非人化"，人与人之间只剩下消费与被消费的经济关系。自由主义由人道出发，却酿成"非人"之恶果，可谓自陷泥淖。

施氏的辩驳言之凿凿，直刺自由主义软肋，无怪乎时至今日，仍散发着巨大的思想魔力，深得国内无数反自由主义者之心。检视反自由主义人士的批评，大致可分为温和与激进两条进路，都与施米特的思想有若合符节之处。温和的一条带有社群主义色彩，推崇社会责任或者传统道德之类的共同体价值，但并未与自由主义完全划清界限。他们同样赞成个人的基本权利，但反对片面强调人是权利主体，而忽视其对共同体的义务，因此指责仅仅张扬权利的自由主义使得自由的含义龟缩于消极自由之一隅，无法发挥任何倡导积极的政治与社会责任之公义，致使本来便不济的公共参与精神日趋萎靡。激进的一条之为激进是就其对自由主义的批评而言，然就其思想立场言之，则属于保守。此派带有明显的国家主义色彩，可以霍布斯的社会契约论为参照框架略加分析。按照霍布斯的社会契约论，个人以其生存权得到保障为条件将其他权利让渡给国家这个代理机构，只要基本生存权得到保障，个人就必须服从于国家这个利维坦的威权，所有政治活动、公共事务之进行都以国家之调遣为准则。本来，霍布斯的国家理论已带有很重的威权主义成分，但按照后一派反自由主义人士的极端推论，将生存权之保障作为建立国家的前提就已经使得国家之根基不稳，这样做显然将个人权利置诸国家权力之上，导致国家在最重要的政治行动甚或是唯一的政治行动——划分敌友，与其他国家进行对抗——之前，丧失了以某种精神和价值凝聚民众、动员民众这唯一严肃的政治行动献身的能力。因此，霍布斯的国家理论已经为后来自由主义的发展埋下了伏笔，后世自由主义对个人权利的进一步强调，对国家的存在进而也就对政治的存在形成越来越大的威胁。这一观点是由被国内无数反自由主义人士奉为圭臬的政治哲学家施特劳斯在评论施米特的《政治的概念》时所提出，可以说，两位施氏的思想相结合便成为国内反自由主义人士的立论核心。

在温和的自由主义批评者看来，以保护个人生命为由，为自己不顾学生安危、临危逃跑行辩解之词，正是自由主义片面强调个人权利、无视社会责任的极端推进，极端的保守人士更可指斥范美忠为“末人”之征兆，几欲扬言，若举国皆是范美忠，社会将不社会，民族将不民族，国家将不国家。前者视尽到社会与政治责任、参与公共生活为政治之表现，后者以凝聚民众于国家意志之中为政治之鹄的，按照两派对政治事物的界定，范美忠所表现出来的自由主义不啻为反政治之典型。

但反观事实，范美忠以一己之言论获罪天下，为千夫指、万夫唾，仍冒天下之大不韪为己申辩，直有虽千万人吾往矣之势。而察其历年行止，早年任教于杭州外国语学校高中部，便以直言敢说闻名，后辗转各地从事教育、媒体工作，往往因言论殃及其身。而今次发生的诸番争论，酿成一场不小的公共事件，恰是范美忠本诸个人的自由理念所挑起。范美忠最初以过激刺耳之言论呼吁人人对自己生命的珍视，以质疑任何要求个人付出生命的行为，后又力主道德行为须由个人之自由意志决断，反对任何人对他人颁布道德命令。如果这样一种诉诸公共辩论的行为不属于政治事物的话，那么对于每个普通个体而言，政治事物究竟存身何处？鼓吹政治事物之重要性的反自由主义人士所希冀的政治行动又究竟该如何发生？

施米特所理解的政治事物天然地容易与民族主义联合，尽管民族精神并非施米特思想的真正根基。在接纳施米特的政治定义之前，必须认识到施米特本质上是一位政治神学家。在上帝的绝对权威之下，基督徒必然与异教徒处于永恒的对抗关系之中，因此对于施米特来说，理想的政治现实始终是中世纪的神权政治。然而，当曾经的现实成为理想时，任何思想家都必须面对新的现实。施米特不幸地生于一个普遍世俗化的世界，神权不再可能成为维系政权的支柱，国家不再是上帝在人间的代理机构，公民不再是匍匐在上帝脚下的子民。但施米特仍然迷恋于往昔的精神统一体，执着地试图通过各种思想冒险重构类似的精神威权。所以他在早年虽与皮埃尔·约瑟夫·蒲鲁东（Pierre-Joseph Proudhon）、巴枯宁的无政府主义为敌，但欣赏继承此二人思想的乔治·索雷尔（Georges Sorel）所发扬的神话政治学，赞赏工人阶级的暴力革命创造的新神话，在晚年也表示左派所推崇的直接民主有助于撼动僵硬的议会民主政治体制。不过，施米特更为推崇的是民族神话。如果说上帝权威的丧失伴随着现代民族国家的兴起，那么推动民族国家形成的民族精神理所当然应该成为重构精神统一体的替代品。在1923年写作的《政治的神学》（*Politische Theologie*）一文中，施米特断言："一旦两种神话发生公开对立（民族神话与共产主义神话），民族神话迄今为止总是胜者。"对民族神话的推崇甚至使得受施米特影响的意大利右派将其与J. R. R. 托尔金（J. R. R. Tolkien）创作的《魔戒》（*The Lord of the Rings*）神话揉捏在一起，探讨一种"生活在霍比特"（Campi Hobbit）的政治状态。施米特之所以推崇民族神话显然不是缘于浪漫的怀乡病，而是因为由此所构建的民族统一体才有能力划分敌友，保存国家层面的政治事物。

吸纳施米特思想或者说天生便会产生与施米特类似想法的反自由主义人士自然而然为国内的民族主义情绪大吹大擂。在他们看来，由民族情绪所激发的国家间纯粹强力的对抗才能实现真正的民族尊严、国家尊严，可在民族尊严、国家尊严的幌子下，个人尊严的丧失却被视而不见。这并不奇怪，反自由主义人士所理解的政治必然会导致个人尊严的丧失，因为在他们所谓的精神统一体中，毫无本诸个人的真正政治参与，而只有对群体力量强弱的纯粹算计，个人在群体中不过是盲目的羔羊。

自由主义自然反对这样的政治事物，但自由主义并未放弃政治，而是主张反对上述意义上的政治，反对将政治事物的范畴仅仅局限于国家层面。自由主义在一定程度上可以接受施米特对政治的定义，但自由主义所理解的敌人不是另一个国家、另一个民族，而是任何侵害个人自由的系统性体制，它可能是国家强权，也可能是资本垄断，还可能是某种文化偏见与歧视，由此形成的是以“自组织的社会”为容身之所的抗议政治，用德国社会学家乌尔里希·贝克（Ulrich Beck）的话来说，社会取代国家成为新的政治竞技场。抗议政治以每个人的自愿参与为基础，必然以维护个人权利为目的，如果脱离了个人权利的土壤，抗议政治便会失去初始的动力因；抗议政治又以尊重法律为基本原则，它主张一定程度的对抗，但反对诉诸暴力，最终争取的是对某种权益的制度性保障。战后兴起的少数族裔运动、女性主义运动、环保运动以及反全球化运动，都是抗议政治的代表。范美忠以个人言论挑起公共辩论，尽管其行为于私德有缺，但他呼吁每个人珍视自己的生命，反对那种鼓吹为他人、为集体、为国家牺牲的话语，同样有抗议政治的色彩。

容纳抗议政治的自由主义一方面必然坚持对个人权利的捍卫，另一方面并不否认反自由主义者的如下批评：代议制民主与资本主义合谋，使得国家权力逐渐为金钱政治、媒体政治所主导，而个人仅仅成了这种政治体制中的消费者与消费品，但自由主义不认为个人就此便失去了参与政治的能力。

可为自由意志保留的位置

本文想浅谈一下晚近生物学与脑科学提出的否认自由意志存在的观点。关于自由意志，哲学上有三种可选择的观点，要么认为包括人的行为在内的世界是完全被决定的，要么认为人的自由决断是自己行为的绝对原因，要么认为决定论和人的自由选择并行不悖，前两者是不相容论，最后一个是相容论。生物学与脑科学无疑是一种新的决定论，按其四层次的还原模式：行为到情感机制，情感机制到神经元活动，神经元活动到生物演化过程中的遗传与变异，最终可以说，人的道德、政治和审美活动由生物演化或者进化论所谓的自然选择所决定。不过这种决定论先天就与意志自由相容，因为无论是神经元活动还是基因都属于个体并构成个体性状，由它们所决定的个体的性格特征和行为模式是真实自我的组成部分。在一般情况下，只要个体的大脑、基因不是被某个邪恶的科学家控制和设定，就可以基于自己的性格和行为习惯做出不受强制的自由行动。相容论者一般都是在不受强制的自由行动意义，即对某个行为的意愿上理解自由意志，他们认为个体做出服从自然规律的行动是与决定论相容的意志自由。

如果社会生物学家否定自由意志，那就是在否定另一个意义上的意志自由，即人的理智活动而非生理构造是其行为的绝对第一因。这个自由意志概念以身心二元论为前提，主张理智活动不可能还原为大脑的生理变化和基因信息，必然被脑科学家和生物学家们否认。

脑科学和生物学的决定论之所以能与自由行动相容，也是因为它们不再是经典意义上的决定论。众所周知，经典的决定论由 18 世纪法国科学家皮埃尔－西蒙·拉普拉斯（Pierre-Simon Laplace）提出。在拉普拉斯的假说里，给定一个世界的初始状态，给定所有的自然规律，初始状态之后的所有时间点的所有状态都被这个初始状态和自然规律决定。人类之所以认识不到这一点，是因为我们既不知道世界的初始状态，也不知道所有的自然规律。拉普拉斯相信，随着知识的扩展，我们最终会认识到这一点，到了那一天，我们就会像他所假想的巨灵一样，计算出过去、未来发生的一切。同样生活在启蒙时代的法国哲学家霍尔巴赫还认为，人的生活就是大地上的一条长线，它服从自然的命令，而我们一刻也不能偏离。这都是最强意义上的决定论，在这个决定论世界里，每个个体都是机械因果链条上的一个齿轮，谈不上是真实独立的自我，无论自由行动还是绝对的自由意志都不可能。时至今日，不再有人还对科学抱有如此大的信心，以至于继续做出这么强的决定论判断。后来的决定论都是有限领域的决定论，比如现代物理学证明，至少宏观物理世界受决定论支配，尽管量子力学发现微观物理世界并不服从决定论。对人类行为的研究不像对物理现象的研究那样精确和可反复验证，无论心理学、脑科学还是生物学，它们既不能确定一个决定一切的初始状态，也不能找到一个只要给定某一状态、某个结果就必然产生的自然规律。它们的决定论含义更弱，只能确定某个个体在某个时间点的状态，和关于在这样的状态下人一般会如何行为的统计学规律，但并不能推断出之后的所有时刻该个体的一切行为。

脑科学和生物学对人类行为的决定论解释可以追溯到1979年美国心理学家本杰明·利贝（Benjamin Libet）进行的实验，他测量了实验者做出有意识地伸出食指的决定和大脑发出伸食指信号的时间。当时尚没有成熟的大脑核磁共振成像技术，利贝首先运用肌电图技术确定实验者实际伸出手指的时间点，然后由实验者根据摆在自己面前的特制钟表报告做出伸食指决定的时刻，最后利用脑电波技术记录大脑发出运动信号的时间。实验结果是，以食指运动时间为零点，在前500毫秒大脑发出了运动信号，而实验者们报告的决定时间是前200毫秒。虽然利贝本人没有据此得出极端的决定论式解释，但德国生物学家格哈德·罗斯（Gerhard Roth）却径直认为，无意识的大脑活动在有意识的意志决断之前决定了人的行为，意志决断不过是大脑活动的结果。但这还不是一个完整的决定论，它只是说明一个在先的大脑活动状态决定了此后人的行为，但没有说明这些状态是如何决定行为的。脑科学家们的后续研究便在这方面加以拓展，他们利用先进的大脑成像技术确定了特定的神经元活动与特定的人类行为之间的概率相关性。完整的脑科学决定论判断就是，某个时间点的神经元活动状态和概率上的因果关联决定了人的行为。这样，脑科学家们便可以完全否认绝对的自由意志的存在。

但也正是因为其决定论含义的减弱，使它无法坚决维护自己的立场。首先，大脑活动与行为之间概率上的因果关联已经表明它不具有那么强的必然性力量，以至于个体没有任何能力阻止其发生效用。个体虽然不能违背自然规律，但有能力利用另一自然规律做出一个行为以使得某一自然规律并不发生效用，好比人可以伸手接住坠落的苹果以阻止其落地。美国学者哈里·法兰克福（Harry Frankfurt）的二阶意愿理论就可以被看作就此做出的反驳，并为绝对自由意志保留了一定位置。虽然人的一阶意愿，比如酗酒、烟瘾、暴力倾向和所有具有偏好性的活动可能由脑神经细胞或者基因决定，但人至少能做出一个二阶意愿来赞同或者否认一阶意愿，即自由地意愿对某一个行为做出意愿，尽管它未必能实际上促成或者阻止一阶意愿行为的发生。这个二阶意愿在法兰克福看来就是自由意志，是人有意识的理智决定。奥古斯丁及中世纪哲学研究者艾兰诺·斯顿普（Eleonore Stump）形象地用大力水手动画来解释二阶意愿理论：大力水手在生理上已经被决定无力拯救心爱的奥莉芙，但他可以选择吃菠菜罐头获得拯救奥莉芙的能力，菠菜罐头到底有没有效果却不在大力水手的控制范围内。《罗马书》（*Romans*）中所说“我所意愿的，我并不作；我所恨恶的，我倒去作”精炼地表达了两阶意愿之间的冲突。斯顿普进而提出，最早提出自由意志概念的基督教教父奥古斯丁就是在二阶意愿的意义上理解自由意志的。晚期的奥古斯丁并不认为自由意志决定了道德行为的履行，人只能运用自由意志请求上帝的恩典，给予自己履行上帝律法的力量。

按照上述思路可以对利贝实验做出有利于绝对自由意志的解释。如果将大脑活动仅仅看作一种准备活动的状态或者刺激，人可以有意识地做出允许或者禁止的命令来实现或者阻止其导向的行动，那么脑科学的决定论便不能否认自由意志的存在。在利贝实验中已发现，食指实际活动前100毫秒人可以做出有意识的否决，打断伸出食指的活动，因此大脑活动并不能在强意义上决定人的行为。利贝也假定这个否决权是有意识的决定，但并没有通过经验研究证明，所以否定自由意志的脑科学家还可以驳斥说，这个否决同样由另一个大脑活动决定，二阶意愿也是大脑活动的结果。但此时他们会陷入一个困境，他们不得不说明，为什么在一个决定论的领域内，一个事件既发生又不发生。下一步的辩解会是，相互冲突的大脑活动中必定有一个占主导地位，究竟谁居主导则取决于其他的生物机制。对于这一点，本文随后再讨论。

还可以从另一个方向对利贝实验进行质疑。因为在先的大脑活动并非绝对在先，所以脑科学家必须说明，这个大脑活动状态为什么产生。如果排除人的自由决定对其行为的影响，那么不能说明原因的大脑活动就是纯粹偶然的事件，脑科学家们的决定论要么导向神秘的宿命论，要么导向毫无理由的偶然论。人们还会猜测说，在实验者做出参加实验的决定时，人的自由意志就可能对大脑活动产生了影响。即便可以扩展实验的时间跨度以发现一个更在先的大脑状态，但有限的决定论注定它不是绝对的初始状态，人们会不断追问一个更在先的原因，在那个原因里就有可能是自由意志起了决定作用。

另外，无论伸手指还是后来英国脑神经科学家帕特里克·海加德（Patrick Haggard）与心理学家马丁·埃尔默（Martin Eimer）于1999年进行的修正性实验里所测量的伸左手指或右手指的选择，又或者其他脑科学实验中考察的人的行为都不具有道德含义。绝对自由意志论者可以承认不具有道德含义的行为是被决定的，也就是通常一阶意愿指向的行为，不管是被神经元还是被生理需求或是被外在环境决定，有道德含义的行为必然源于自由意志，毕竟，在讨论自由意志的经典著作——奥古斯丁的《论自由选择》里，自由意志是为了回答恶的根源何在这一问题。在实验室里可能构建一个具有真实道德含义的行为作为测量对象吗？

或许为了消解上述驳难，脑科学家自然而然地和生物学家进行了合作，他们一劳永逸地将特定的神经元活动归结为基因遗传，然后用自然选择或生物演化来解释遗传变异，而自然原则服从于一个理性的解释模型，即物种会选择有利于自我保存与发展的基因进行遗传和改良型变异。脑科学的决定论升级为将因果链条无限拉长的强化版的生物演化决定论，它不仅解决了对在先状态的质疑——现在，在先状态是不知多远之前的某个物种，比如灵长类物种，具有优势竞争地位的遗传信息，而且既能够解释所有非道德的人类行为也可以解释道德行为如何被决定，因为在他们看来，道德规范的演化不过也是为了实现人类物种最佳状态的自我保存与发展。相互冲突的大脑活动中哪一个决定人的行为，也可以在这个逻辑下获得回答：生物演化形成的情感机制会促使有利于人的自我保存与发展的大脑活动主宰人的行为。如此一来，这套决定论便建立起一套百试不爽的解释模型：那些并不有利于人的自我保存与发展的行为，比如种种恶行，可以归因于种种生理本能和演化的不完善，有利的行为则归因于演化的成功。总之，这套决定论似乎可以完全排除自由意志的可能性。

可是，所谓演化，所谓有利于自我保存与发展本身是极为模糊的概念，早已不是经典决定论意义上的一元线性因果链条。而且随着其决定论含义的增强，它不仅会排斥绝对自由意志，也会排斥自由行动概念，导向不相容论。

借用彼得·范·因瓦根（Peter van Inwagen）的后果论证，可以证明这套不相容的决定论会导致人们接受一些日常经验中无法接受的结论。如果说初始遗传信息不取决于我们，生物演化规律不取决于我们，我们的所有行为都是这两者合取的结果，那么我们的行为究竟是自己的自由选择还是在生物演化链条中已经决定好的就成了问题。而且如果个人的生活在很大程度上都被其基因决定，那么教育与个人修养也没有了任何意义，即便还存在教育和个人修养，那也是演化的结果。但把所有人类行为都预设为演化结果，再来论证演化导致人类种种行为，难免不会被斥为循环论证。即便教育、个人修养和道德规范都没有自在的意义，统统服从于人类的自我保存和发展这个演化模式，人类社会演化的历史也清楚表明，自我保存和发展完全可以不要教育、个人修养和道德规范，而只需要对利益的单纯理性计算。

再者，脑科学和生物学的决定论本来要废弃身心二元论，它们将传统上被认为是智性的精神活动归结为神经元活动和遗传，但在解释文化的产生时，尽管创造了弥母[1]这个概念，以类似于基因的自我复制和变异的方式解释文化的演化，并用最大适应性这个概念说明为何文化的演化会达到某一状态，可最大适应性与“物竞天择，适者生存”又有多大区别呢？如果没有区别，那么如何解释文化演化从一般

1　弥母（meme），又称模因，它在语言、观念、信仰等的传递过程中与基因在生物进化过程中所起作用类似。——编者注

的物种演化过程中产生？无论如何，文化的变迁不可能服从于一个类似自我保存与发展的统一演化规律，在物种演化和文化演化之间存在无法消弭的鸿沟，为什么要有文化创造得不到回答。其实，根本不需要为文化的产生，也就是为人类的道德、政治和审美活动寻找什么新的解释原因，它不过就是被这套决定论所贬斥的以善好生活为目的的自由理性活动的结果。这里，仍旧可以为绝对自由意志保留位置。

自由意志和理性概念并不是为了将人与动物截然区分开来，而是说人可以通过自由的理性活动使自己同动物相区分，人与动物本也可以毫无二致。孟子所说“人之异于禽兽者几希”之意，不外人与禽兽悬乎一念的区别，儒家“人心惟危，道心惟微；惟精惟一，允执厥中”这四句教诲也实在可以在此意义上理解。西方哲学对人与动物的区分也往往被误解为是为了确立人的特殊性和尊严。做出最著名的人的定义的亚里士多德虽然没有推出自由意志概念，却区分了理性欲求和感性欲求，《形而上学》第一句便是“所有人天性上都追求知识”。按《尼各马可伦理学》里的说法，理性欲求所追求的知识既包括实践上的德性也包括理性上的德性，所以，理性最终指向的是德性。《政治学》里提出了两个著名的论断：“人天生是政治动物”和“人是拥有语言的动物”，当人们仅仅将这两句作为区分人与动物的标准而屡加讥讽时，却忽视了其论证：人天生是政治动物是因为人天性上追求至善，而只有在城邦式的共同体中才能实现至善；人是拥有语言的动物不是因为人的发音有何特殊，而是因为人用语言进行善恶的判断。归根结底人可以区别于动物不是因为他拥有什么，而是因为人追求善，不是因为他知道什么是善，而是因为他会进行善恶判断。在康德哲学里，自由意志更是与理性、道德法则、希望和作为最终目的的至善紧密相连。理性先天地意识到道德法则，但人的自由意志并不必然遵从道德法则，在作为道德动机的人格尊严的推动下，自由意志会选择将道德法则接纳为自己的行为准则，同时也会在希望的指引下认识到至善是其行为的最终目的。否定自由意志，便是否定希望、目的、至善这一系列概念。尽管在现代自由观念影响下，以至善为旨归的积极自由观存在很大争议，但至少可以谈论相对善好的价值、文明以及政治制度，可以承认改变现状、追求更好生活的努力的意义，而这些在生物演化决定论中没有任何地位。

排斥绝对意志自由的一个原因在于现代科学仅仅将亚里士多德“四因说”里的动力因作为理解因果概念的唯一可能，而无视目的因在我们的世界图示中仍旧有不可替代的位置。自由意志不是许多人批评的不连续、无法说明、源于虚无的无中生有之物，而是人以至善为目的的理性追求。

即便现代科学可以发现种种人类行为被决定的因果规律，独此一条即可为自由意志、为人保留不可动摇的尊严，否则，任何追求自我完善、追求善好生活、追求更好社会的行动都将成为多余。

《复仇女神》：一部恶之书

不知道有多少人在纤细善感的青少年时代曾因被这样一个问题搅扰而不安：这世上的恶，我们的恶，来自何处？尼采在《道德的谱系》前言中自述道，这个问题在他 13 岁时就不可遏止地追逐着他，在那个一般人“心中一半装着游戏，一半装着上帝”的年纪他给出了自己的答案：上帝是恶的父亲。数年前我在阅读《道德的谱系》这段文字时，心中不无怀着某种恶意和怨恨地将尼采的话译作“上帝是恶的生父”。尽管尼采带着嘲弄的口吻称这个问题是个“先天”问题，但他的回答毕竟透露出一个敏感少年所体验到的生存困境：我们既然生于这个看起来如此美好、如此有秩序的世界，并且内心也明白显示出人的理性和道德，甚至存在本身就如此值得称道，却又为何无时无刻不在制造混乱、丑恶，奔向毁灭？13 岁的尼采或许带着困惑、无助乃至恼怒、愤恨，将一切归咎于他眼中的造物主，而我故作夸张的翻译也是因感染了这样的情绪。

比尼采早 1500 年的奥古斯丁在青年时代也被同样的问题困扰，最初他选择了与尼采类似的解释，只不过在一位恶意的神之外还有一个有待人通过分享神智（Gnosis）的途径解救的善好的神——他接受了摩尼教的二元论式世界观。尽管奥古斯丁很早就接触《圣经》，但正因为基督教学说无法回答恶之根源的问题，所以他仍旧羁縻于提供了简单答案的摩尼教中，直到接触了新柏拉图主义哲学，将其对恶的解释与基督教教义结合，发展出后世所有神义论（Theodizee）的原型：恶不具有实体式的存在，而是善的缺乏，所有存在者处于不同的存在等级，具有不同程度的善，人以其自由意志决定是将低等的还是高等的存在者作为自己的目的，朝向低等而背离高等，以至于最终背离最完满的存在和善本身——上帝，就是恶。然而直到莱布尼茨最终创造了“神义论”一词并建立更加完备的理论体系之后，这套学说也从来没有让基督教世界的人完全信服。成年尼采最终彻底摒弃了传统神义论者的思考方式，在《悲剧的诞生》中通过对古希腊悲剧的颠覆性解释，提出与神义论相对的生义论（Biodizee）：一切暴虐与苦难都是生命力创造的必要条件，生命力创造的升华将为所有的恶提供公正的辩护。

即便尼采的生义论还能勉强应对拿破仑带给欧洲的暴力之恶，现代历史的现实也远远超出人类的理论想象力，无论是对恶的神学式解释还是美学式辩解在奥斯维辛之后都分崩离析。汉斯·约纳斯（Hans Jonas）所问的“奥斯维辛之后上帝何为”与特奥多·阿多诺（Theodor Adorno）所说的“奥斯维辛之后写诗是野蛮的，也是不可能的”在某种意义上象征了人在面对恶之根源问题时的巨大困境。不过如果不想陷入人类厌恶症的绝望之中，就必须以理智的诚实和道德的勇气面对那些恶的事实。“二战”后欧洲国家对纳粹历史的反思，无论是将其归为非理性思潮的暴动，还是视为启蒙理性的极端变形，抑或随着种种现代经验科学的发展从政治学、社会学、心理学乃至生物学的角度做出的研究，归根结底都是在回答“恶的根源”这一问题，尽管已不再是普遍意义上的回答。但人类亲手造下的恶的事实是如此庞大，以致从任何一个角度进行的理论解释都会淹没在它黑色的潮水之下。更成问题的是，当恶成了理论研究的对象，它就似乎与作为客观观察者的主体截然分离、毫不相干了。所以人们并不是偶然才持有这样的观点：面对恶，理论是乏力的，也许只有文学才能对其做出完整的呈现。

关于“二战”、关于纳粹的作品确实足够多了，德国人自己通过文学的方式做出的忏悔就数不胜数，以至于许多人早已厌烦那些以此为母题的小说。他们有理由认定，关于那段黑暗的历史已反思得足够了，了解得也已经足够了。在阅读《复仇女神》（*Les Bienveillantes*）之前，我或许也会对这样的观点表示认同，对那些在安逸的日子中轻浮的心灵表示理解，但在读完这个黑暗的故事之后，我只能对我们贫乏的想象力大肆嘲讽：那些恶的事实，别说了解它们如何发生，甚至想都想不到它们会那样发生，它们中的一丁点小碎片就会把我们安稳甜蜜的小生活击得粉碎。

《复仇女神》，这正是我要在此评论却迟迟没有介绍的作品。它不是史书，也非记录，但作者为了写作阅读了两百多本关于纳粹的著作以及大量“二战”档案，走访了德国、东欧以及高加索地区，在另一种真实的含义上记述了臭名昭著的党卫军在德国东部战场以及大屠杀过程中的真相，德国人称其为不是历史式的小说，而是历史本身的小说。作者乔纳森·利特尔（Jonathan Littell）不是德国人，而是19世纪末就到达美国的波兰犹太移民后裔。但并非犹太人身份促使他做出对纳粹德国的谴责，正相反，他说犹太血统于他只是一个历史背景。利特尔甚至在访问耶路撒冷时直言以色列不断在政治上滥用大屠杀的历史。小说不是用英语写就，而是用法语，无须用它获得法兰西学院小说大奖和龚古尔奖两项桂冠来证明其作为法语文学的成就，有敏锐的评论者早已发现它与法国读者的另一重关系：开场白中主人公将法国在阿尔及利亚独立战争中杀十偿一的屠杀行为与纳粹相比较。这无疑是对法国读者的挑衅，作者在提醒他们：嘿，这可不是你们对悲惨的过去表示人道主义关怀的好机会，同样的恶也流淌在你们民族的血液中。更不用说主人公提到的他的那些巴黎高等师范学院出身，成为维希政府高参的法西斯好友，让我不能不联想：所谓战后的法德和解可不完全是"被欺凌者的宽恕"，法国人本就沾染了那些罪孽。1967年出生、2001年动笔写这篇小说的利特尔，无论是成长还是写作都与"二战"间隔相当距离，写作动机则又与他的美国人身份相关：他的父亲是一位著述颇丰的作家，将一生投诸对KGB（克格勃，苏联秘密警察组织）、CIA（美国中央情报局）的肮脏勾当的研究中。童年时利特尔最大的恐惧是有一天会被送到越南去杀小孩，他还常常问自己："如果我不是生于1967年的美国，而是1923年的德国，我会变成什么样？"27岁时，利特尔加入了国际"反饥饿行动"组织，曾在车臣负伤。他的妻子则是"医生无国界"组织成员，因为布什发动伊拉克战争而决定脱离美国国籍并加入法国。这一切背景都让作者显得是一位品行高尚的道德楷模，一位真正的国际主义者。人们难免揣想，他是否会在那本砖头般的小说中塞满道德谴责和说教。事实恰恰相反，如果说作者在做出挑衅，最大的挑衅却是针对自己——小说以第一人称口吻叙述，这个“我”可不是爱上某位纳粹女帮凶的懵懂少年，而是一个地地道道的党卫军高级军官。选择这样的视角，利特尔无疑在进行冒险，他必须强迫自己进入一个纳粹的心理历程。有多少人能这样想象呢？他却做到了，以至于有法国评论者认为，主人公的所有想法其实就是利特尔本人的想法。

像一个纳粹那样去思考，不仅仅是作为名叫马克西米连·奥尔的主人公，还要面对他的无数纳粹同事。艾希曼、希姆莱、施佩尔，这些传说中恶魔般的人物一个个依次登场，作者必须从一名纳粹的角度去理解他们。这一切都意味着进入恶的核心，理解恶是怎么一点点滋生、蔓延。对于读者来说，跟随这一步伐将异常艰难，所以这不是一本易读的小说。首先翻译成中文仍多达八百页的篇幅就让人望而却步。即便可以很快地跳过开场进入正文，读者也不得不跟随德国东线部队从波兰到乌克兰再到苏联的滞重脚步，很快就陷入战场的狼藉、道路的泥泞和尸体的恶臭，以及接二连三的人名、混杂的党卫军与国防军军衔及部门和层出不穷的军事指令之中。读者来不及称赞小说为了刻画战争细节而做出的辛勤努力就不免心生厌烦。但我必须建议那些有心了解人类这段史无前例的黑暗往事但又不可能像作者那样阅读数百本相关著作的人，保持巨大的耐心，坚持下去。这是一本百科全书式的小说，一部关于恶的百科全书。它确实超出了单纯小说所能承载的重量，因此不适合那些仅仅追求精致文学趣味的人。举凡与这场战争相关的一切——军事、政治、哲学、文学、音乐、医学、地理、营养学、工业经济乃至语言学，都被作者以惊人的驾驭能力嵌入小说的情节框架之中。诚然，作者常常不知节制地任由人物铺陈自己的论述，大段对白连篇累牍，这不得不要求读者拥有一份知性上的好奇，要知道，这段恶的事实不是简单的杀戮与破坏，而是一个杰出民族倾尽自己所有才智所造就的。

马克西米连·奥尔，因此被作者赋予了一个典型的纳粹军官身份。他是法学博士，热爱哲学、音乐、文学，拥有莱蒙托夫式的英雄主义情怀，不无人道主义精神，引用公元2世纪的拉丁教父德尔图良而非罗森贝格的箴言，但同时他坚决忠于国家社会主义和元首，还有着错乱的性欲。这是一个“受过教育的人”——这个词在小说中数次出现，异常醒目。一个苏联犹太教授用纯正的德语跟他说话，因为看出他身上体现着“曾经伟大的德国”所具有的高贵教养；高加索山区犹太人部落的一位长老见到他时开口就用古典希腊语与他交谈，因为确信他是一个受过教育的人。更为特殊的是，他还是一个法学家。奥尔自嘲地说，只有精神错乱的人才会选择让一位法学家不经诉讼就去杀人。但决定参加党卫军前线突击部队却是他的自愿。党卫军不是一群嗜血杀人狂组成的乌合之众，反而汇集了德国各个领域的知识精英，他们大多自愿参军，而他们的一个主要任务就是“清理”犹太人。小说一开始就遍布屠杀场景的描写：在战争初期，犹太人都是交给前线突击部队就地解决。这些用一行行文字逐帧扫描过去的屠杀场景或许比我们在任何大屠杀电影中所见的直观画面都要触目惊心：一个四岁的小女孩来哀求奥尔，她的母亲已经死在屠杀的土坑中。他用乌克兰语安慰了她几句，将她抱起来交给一个士兵，接着是一排枪声。男孩小雅科夫有着惊人的音乐天赋，奥尔甚至托人从后方寄来法国音乐家拉摩和库普兰的罕见乐谱，想让他了解那种不同寻常的美丽，但他的手被压坏了，没法弹奏钢琴，于是失去了继续留下来的价值。奥尔在屠杀坑中见到一个漂亮的年轻姑娘，几乎赤裸，子弹穿透了她的胸膛，奄奄一息。他被她那双眼睛紧紧抓住，他想蹲下去擦拭她额头的泥土和汗滴，结果却痉挛地朝她脑袋开了一枪。他们又抓获了一个黑发的姑娘，将她捆绑在绞刑架下，所有士兵和军官排队上去亲吻她，“有些人吻得很温柔，几乎很贞洁”，最后他们把她吊死了。这些诡异的屠杀场景无疑吸引着读者的眼球，在唤起恐惧之时，也让他们意识到心底那丝无耻的好奇，与生俱来的对于血腥的好奇，就像广场上的乌克兰孩子们偷窥被吊死的女尸裙底。难怪作者还要引用柏拉图《理想国》中的故事来描述人性的这一痼疾。

诚然，作者也叙述了党卫军士兵在执行屠杀时产生的巨大心理不适。一些没有泯灭天良的军官对抗那些虐杀成性的同僚，他甚至说：“我们的士兵即便再粗野，再随波逐流，也没有一个人在杀死一个犹太女人时会不想到自己的妻子、姐妹或母亲，在杀死一个犹太孩子时会不看到自己的孩子似乎就在眼前，就在坟坑中”，他们的一切狂暴行为都显示出，“他人存在着，作为另一个人，作为一般的人而存在着”。然而，正是意识到他人作为同类的存在让问题更加困难，因为屠杀是在这一意识存在的情况下继续进行的：人，如何在内心同时容纳人性的尊严与毁灭他人两种截然对立的倾向？历史上人们为此找过种种理由，纳粹的理由甚至显示出人类文明的高级成就，那就是对法的权威的绝对尊重。事实上，即便党卫军内部也对屠杀犹太人存在分歧，比如奥尔的上级奥伦道夫对“元首的灭绝令”的异议，他还期待一种“更人道的办法”，但每个人同时又无条件地接受这一铁律：元首的话具有法律力量。这句后来因为艾希曼的辩词而人所共知的话在战时德国像一条“未成文法”一样是一切合法性的最后依据。作者没有将德国人对它的遵从视作简单的普鲁士式服从精神，这样的批判在他看来反而减轻了他们的罪恶：德国人不是像没有头脑的奴隶一样盲目服从，而是出于一种绝对的智性选择。借奥伦道夫之口，作者表达了这一带有很大挑衅性的观点：就像亚伯拉罕服从上帝毫无理性的命令，就像犹太人听从上帝的旨意“去打击亚玛力人，灭尽他们所有的，不可怜惜他们，将男女、孩童、吃奶的，并牛、羊、骆驼和驴，尽行杀死”，德国的智识精英们也如此服从元首的命令，将其看作人民意志的化身。

用人类文明的伟大成果为屠杀提供工具，这个悖论在高加索山区的清洗行动中达到高潮。党卫军希望通过历史语言学的成就找到山中犹太人与远古犹太人是近亲的语言上的证据，以证明他们具有犹太血统而非仅仅皈依了犹太教，从而获得屠杀的合法依据。历史语言学，这是19世纪德国最灿烂的智慧结晶之一，是傅斯年与陈寅恪两位先生为之服膺的不朽学术，蒙森（Christian Mommsen）在《罗马史》（*Römische Geschichte*）开篇就告诉人们如何通过它追索那些湮没无闻的远古遗迹。时至今日，优秀的西方古代史学家还在娴熟地通过辨析几个古典词汇的变形来恢复古代社会的原貌，但它确实曾不折不扣地成为纳粹的杀人工具。杰出的智识与肮脏的罪恶并存，书中四处可见的关于粪便的描写正可以象征人类这一矛盾的境地：各种各样排泄的场景，奥尔梦中止不住的大便，快被填满的粪坑，黑乎乎一大片的蟑螂，肛门里喷出的各种奇怪生物，粪坑里伸出的帮纳粹擦屁股的手。皮埃尔·帕索里尼（Pier Pasolini）在《索多玛 120 天》（*Salò o le 120 giornate di Sodoma*）中运用的象征被作者发挥渲染到了极致。

显然，作者不愿意将纳粹的暴行视作德国人特有的罪恶，不愿视作某条特殊历史道路导致的灾难。我相信，在他看来，那样的反思只是把恶归入某个历史的误区，想就此与恶撇清干系。而他所做的，是在逼迫人们共同背负罪的重负。对于艾希曼的描写，尤其体现了作者如何理解一个有着正常理智、良好修养和杰出能力的人主动作恶。在作者笔下，艾希曼不是“人类的敌人”，但也不是阿伦特所说的“平庸之恶”的化身，只是一个碌碌无为、只知服从的机械人。艾希曼在家中举办温情脉脉的家庭聚会，一群脱掉军服的纳粹军官演奏轻松宜人的音乐小品。他的音乐品位相当不错，对巴赫的评价甚至颇具讽刺意味：“有些干巴巴，太……精于算计。”在餐桌上，作者安排了一场他与奥尔之间的哲学对话。这个没有上过大学的人读起康德的《实践理性批判》，困惑于自己的所作所为是否与康德所说的绝对命令相违背。奥尔此时将那条作为一切法律基础的“未成文法”

上升到了哲学高度，于是绝对命令变成：你要如此去行动，以至元首知道后也会赞同你的行为。元首指示是人民意志的体现，而人民意志是一切权力的唯一基础，为元首效劳，不是因为他是元首，而是因为他是人民的代表、人民的奴仆。这番哲学诡辩如今听来还是如此耳熟，在经过精心的理论修饰后仍旧能以一种日耳曼式的论证力让一大批智识阶层心悦诚服，何止艾希曼。更何况他不仅用自己的理论理性为恶行寻找冠冕堂皇的理由，他的实用理性也让他在自己的位置上无时无刻不寻求效益最大化。他在那个工作岗位如鱼得水，充分发挥自己的才干和创造性，动机与目的与一个企业中适得其所的中层管理者无异。他对犹太人没有特殊的仇恨，也确实和很多党卫军高层一样认为灭绝计划是个错误，但当一个体系将自身的合法性都建立在此之上后，他所做的就像任何一个审慎的中产阶级一样：努力让自己有机地融入这个体系。艾希曼和许多纳粹一样，不是恶魔，也非庸才，但正如此，他们才显示出人性之恶是何等根深蒂固。

也正因此，利特尔不仅将德国的侵略称为 19 世纪殖民主义的自然延续，也提到德国战败前夕美国特使为了让德国成为遏制共产主义的桥头堡与其进行的私下交易。在某种程度上他将德国的罪恶视作现代性病灶的集中迸发，所以他提到不少对现代性的批判，有些甚至来自亲纳粹的理论家。

他提到卡尔·施米特对总体战争的批判：当国王的臣属都变成公民之后，即国家民主化之后，国与国之间的战争就不再是贵族之间一种有限的典礼游戏，而是全体公民之间你死我活的整体战争。他对集中营的描写中，那些精确的统计学计算、高效的工业化流程，也无不让人联想到海德格尔所说的“集中营与现代化大工业本质相同”。而在所有的理论延伸中，最精彩的无疑是奥尔在斯大林格勒（现伏尔加格勒）与一个被捕的苏联红军政委之间的对话。电影《苏维埃的故事》（*The Soviet Story*）所揭示的国家社会主义与共产主义在政治符号上的相似在他们的对话中更深入地表现为现代两大极权体制在核心观念上的一致：阶级斗争与种族灭绝，蔑视资产阶级的经纪人，客观敌人的存在，大清洗，造就新人。卡廷等于奥斯维辛，绝非偶然。

利特尔的描写和叙述是残忍和冷酷的，他毫不回避这段黑暗历史中那些最不堪入目的场景。罗曼·波兰斯基（Roman Polanski）在《钢琴家》（*The Pianist*）的音乐声中传达的和解在他这儿压根不存在。在他的笔下，废墟中的留声机演奏着克里斯托夫·格鲁克（Christoph Gluck）的《俄耳甫斯与欧律狄刻》（*Orfeo ed Euridice*），“微妙，缠人，忧伤得可怕”，而苏联人的尸体就躺在一边。奥尔在视察集中营时竟欣赏起当地的风景，高大的桦树，干燥的空气，让人觉得干净舒服。不仅是智识与罪恶的并置，还有审美与罪恶的并置，一切显示出巨大的混乱与无解。

更为无解的是，恶更个体化地在奥尔本人心中不断蔓延的过程，作者试图通过种种意识流、超现实的手法追踪这一过程——一个尚存人道主义精神的人如何一步步滑向恶的深渊、弑母和错乱的性欲，尽管不太成功。

《攻壳机动队》：日本“安保一代”的精神遗产

熟悉《攻壳机动队》（*Ghost in the Shell*）诞生背景的影迷们都知道，“攻壳机动队”这个名字是发行方为投合流行娱乐口味而取的中文名，无论是漫画作者士郎正宗还是原电影导演押井守都坚持使用“Ghost in the Shell”这个原名。据士郎正宗所说，他是从作家阿瑟·库斯勒（Arthur Koestler）一篇题为“The Ghost in the Machinc”的文章中获得的灵感。取名的渊源让作品立刻和当代哲学的讨论联系在了一起：“The Ghost in the Machine”是英国哲学家吉尔伯特·赖尔（Gilbert Ryle）1949 年出版的《心的概念》（*The Concept of Mind*）一书中用来讽刺笛卡儿式身心二元论的短语。简而言之，赖尔认为笛卡儿将身体所属的有形体和心灵视为两种独立的实体，而这完全不能解释身心之间的关系，心灵仿佛是寄居在机器中的幽灵。

选用这一名字并不代表士郎正宗和押井守采纳了笛卡儿式的观点，倒不如说他们只是借剧中人物的对话和技术景观抛出了一连串疑问。但这些已足以让观众叹服其中深奥的哲学思考，讶异其二十多年前就预见了今日互联网和人工智能技术投射出的未来现实。不过，被划入赛博朋克谱系的 *Ghost in the Shell* 在对心灵、意识、生命的思考上其实并无太多新鲜的观念。网络产生自我意识，碳基意识与硅基意识的融合，这些核心情节均来自威廉·吉布森（William Gibson）1984 年出版的《神经漫游者》（*Neuromancer*），或者可以追溯到更早期的书。士郎正宗在漫画里就通过大段对话、独白和注释揣摩了这些问题。*Ghost in the Shell* 真正成为一部经典源于押井守赋予的力量：他用带有明显个人印记的电影语言将整个故事嵌入政治现实之中，在这一行动网络中个体对自我的追问才具有了实在的内容。“灵魂是什么”，没错，这是作品的主题，好莱坞真人版电影在这个主题上也没有偏离太多，但这一脱离了押井守思想语境的致敬之作无论如何都只能做到形似而神非。我们不妨回顾一番押井守作品的来龙去脉，还原草薙素子和公安九课的故事的历史场域。

一、攻壳前史：机动警察和人狼

Ghost in the Shell 真人版由西方演员主演，阴谋的背后主使从与美国军方合作的日本外务省变成了高科技公司汉卡，这使得草薙素子和公安九课的行动脱离了原版所能引发的历史联想。押井守的多数作品都置身于日本战败并成为美国附庸的历史处境之中，在为使他得以成名的系列动画《机动警察》（*Patlabor*）制作的第二部电影版中，这一点就有鲜明体现。这部 1993 年上映的电影一改之前低龄娱乐化的风格，第一次展示出押井守沉郁黯淡却又带着十足韧性的世界色彩。剧情的主线是一场军事政变：日本派出的联合国维和部队士兵在东南亚执行任务时，限于开火禁令几乎全部遇害，唯一的幸存者柘植行人潜回日本，发动了一场针对官僚体系的恐怖袭击。一些评论者自然而然由此联想到“二战”时日本军部的右翼政变，但稍微注意一下剧中一位柘植行人的同情者的评论就会发现出入：“战争，那东西早就已经开始了，问题是我们要保护的东西是什么？我们要保护的这个国家和城市的和平到底是什么？全国动员的战争、美军的占领、冷战、世界各地从未停止的内战和民族冲突，借由这无数的战争支撑、在血腥之上建立起的经济繁荣，这因为对战争的恐怖而不在乎好坏、不光荣的和平。”

押井守在给他的一位美国研究者布莱恩·鲁（Brian Ruh）的电邮中坦白心迹："栢植是押井守的另一个自我。如果说栢植有什么政治思想和观点的话，其实全都是我的。"[1]这句剖白清楚表明押井守的激进立场。栢植与其战友的遭遇象征着日本战后的矛盾地位：和平宪法限制了日本主动动用武力的权力；但1960年被自民党强行通过的《美日安保条约》使两国缔结了紧密的同盟关系，也使日本完全置于美国的军事保护之下，在美国的支持下，日本自卫队军力扩张，已成为世界上排名前列的军事力量。《美日安保条约》引发了大规模的反安保斗争和一系列声势浩大的左翼社会运动。如同欧洲的"68一代"，在这样的氛围中成长起来的是日本战后的"安保一代"。出生于1951年的押井守在这一时期度过了自己的青春期，他高中时就曾参加左翼活动。栢植表面上的复仇行动最终是一场没有占领中枢、没有提出任何政治要求、没有伤害任何平民的假恐怖袭击，他的目的是打破人们对体系性壁垒遮掩下的现代日常生活的幻觉，而这很可能是押井守自左翼运动岁月逐渐树立的信念。无法知道押井守是否读过伊曼纽尔·沃勒斯坦（Immanuel Wallerstein）的《现代世界体系》（*The Modern World-System*），但他

1 Brian Ruh, *Stray Dog of Anime: The Films of Mamoru Oshii*, New York, 2004, p. 111.

的观点可被视为沃勒斯坦理论的一个粗浅表达。

不过，栢植是押井守的另一个自我。电影的主角是守卫东京的特车二课。身处体系内部却又反抗体系的特车二课，配备着由人驾驶的巨型机械战警。特车二课是 *Ghost in the Shell* 中公安九课的前身，机械战警则是赛博格技术实现之前的人机联合雏形。特车二课的成员同样有自己的正义信念，队长后藤对战争的反驳是："就算是伪装的、不光荣的和平，也比光荣的战争好。"这大概是押井守的另一个自我。参加过左翼运动的押井守亲眼看见了左翼学生组织如何演变成走上恐怖主义道路的日本赤军。革命的困境与绝望凝缩在 1999 年上映的《人狼》（*Jin-Roh*）之中。这部影片带有更多的"安保一代"的痕迹，影片开头示威者头盔上的"共斗"字样，明显影射 60 年代成立的日本大学生组织"全学共斗会议"。

剧情所依托的小红帽和大灰狼的隐喻奠定了影片的悲观基调。小红帽指的是激进组织中运送炸弹的女性成员，人狼则是镇压首都圈抗议活动的特机队中的秘密情报团体。影片中出现的小红帽故事不是格林兄弟改编后的童话版本，其情节更为原始：小红帽没有认出扮成祖母的狼，又渴又饿的她被狼欺骗，吃了死去祖母的肉、喝了她的血，最后被狼一口吞掉。民间传说研究者认为，格林兄弟收录这则传说的用意部分是对拿破仑入侵莱茵兰地区做出一个不曾明言的评论：狼象征拿破仑，小红帽象征被法国大革命热情吸引的无辜的德国青年，他们很快被革命的血腥和残暴所震惊。[1]在押井守的叙事中，祖母被替换成母亲，血缘亲近性的增加加重了故事的残酷。小红帽成员圭和人狼成员伏相恋却又被各自的组织利用而相互欺骗，圭最后死在伏的手中。结尾处人狼头目这样说："在人的版本中，狼才会被小红帽和猎人杀死。"但事实上，很难确定圭和伏谁是狼，谁是小红帽。除了革命隐喻的解读，原始版小红帽还含有原始人牲祭祀的成分，这恰巧对应着押井守的人物设定中可引申出的深层含义。

原始部落的未成年人需要经历某种暴力虐待的祭祀仪式才能作为成年人被部落所接受和保护。小红帽离家后进入一种边界状态，她经过狼的吞噬才可能获得重生。罗马法中的"神圣人"（homo sacer）概念描述了法权上的边界状态："Homo sacer"是被诅咒和放逐之人，任何人都可以不担罪责地击杀他，但他又是神圣的，不可再作为任何宗教仪式的牺牲，因为他不再处于国家这一人造物的保护之中，而

1　杰克·宰普斯（Jack Zipes），《小红帽的考验与磨难：在社会文化语境下解读童话》（*The Trials and Tribulations of Little Red Riding Hood: Versions of the Tale in Sociocultural Context*, South Hadley），劳特利奇出版社，1993年，第17页。

是属于神的纯粹自然造物。中世纪继承了这种法外之人的观念，被剥夺了所有法律权益的罪犯甚而被剥夺了人性，被称为狼。狼被普遍地用来比喻罪犯和没有秩序的暴力状态。押井守不需要上述知识背景也会使用同样的符号，不过他的人物设定让这一形象有了更复杂的内涵。人狼并非法外之徒，而是用于镇压的暴力机关。但也正因为被赋予越权的镇压职能，在巨大的抗议压力下，试图收回法外暴力的权力机关要用同样的暴力手段取缔他们，小红帽是权力机关安插的引发剿灭行动的导火索。在这个意义上，圭和伏命运相连，同处于法权的边界之上。运送炸弹的少女和血腥镇压的特警是同一种暴力的一体两面，是国家和革命这两种机制相互对抗的前沿，一方总有可能滑向另一方。在这个边界上，国家暴露出它恐怖的原始面貌，并看到法外之人是其自身的镜像。押井守无意中契合了吉奥乔·阿甘本（Giorgio Agamben）对“homo sacer”的解读：“Homo sacer”指涉被排除在法权之外的状态，国家的主权就存在于划分法内和法外状态、转换法内和法外状态的除外权之上；然而，设定了法权例外状态的主权者在将法权容括于自身的内里时，也让它的外表成为暴露在法权之外的赤裸生命，同为赤裸生命的“homo sacer”因此是主权者的镜像；在例外状态中，主权者不再能得到任何法权奠立的正当性辩护，任何启动例外状态的主权都面临在例外状态中覆灭的危险。押井守不会有这么多理论思考，但他一样击中了国家机制的核心。革命的幻灭只是对《人狼》的浅层解读，刻画国家在法权边界上的狰狞面目可能才是他的深层用心。

二、攻壳后传：固化国家中的有限行动者

两部 *Ghost in the Shell* 的电影版事实上并未太多涉及政治，政治和社会问题更多只是背景，人们仅仅注意到赛博格技术上的惊人想象，故事情节淡化成通常的阴谋想象。与之相比，神山健治监督的前后两季 TV 版完全聚焦于政治与社会，其情节之复杂甚至可作为政治学和社会学案例。导演并非押井守，但神山健治完全是他的亲炙弟子。他在《人狼》中就担任动画监督，对其老师的思想和风格异常熟悉。在两人所在的工作室 Production I. G 公布的一篇访谈中，神山健治坦诚自己在彻彻底底地复制押井守，甚至从未尝试与老师区分，尽管他清楚自己的作品在哪些方面与老师不同。如他所说，最大的不同是押井守的作品中人和机器的边界在消失，而 TV 版坚持对人性的希望。但很难说，神山对人性的理解不是来自押井。

TV 版的人物设定沿袭了押井守边界状态上的双主线，一方是公安机关的特别部门，一方是恐怖分子，最终双方遵循同样的行动逻辑。第一季《笑面男》（*The Laughing Man*）以 20 世纪 80 年代的格力高·森永事件为原型。1984—1985 年期间，江崎格力高食品公司和其他若干家食品企业被威胁投毒和索要赎金，在一些超市也确实发现了装入氰化物却附有警告信的相关品牌食品。在给媒体的挑战信中，罪犯自称“怪人二十一面相”。日本警视厅倾力调查，但直到诉讼过期仍未破获。此案虽然发生了绑架、勒索和投毒，但由于罪犯的特意警告并无人中毒，勒索也没有下文，只是引起上市食品公司股价的巨幅波动。《笑面男》糅合了原型案件的多重要素，超级骇客利用大范围电子脑和信号入侵留下的笑面男形象呼应着“怪人二十一面相”这一名称。模仿性犯罪是笑面人故意引起的效应，TV 版的副标题“孤独者的复合体”（Stand Alone Complex）是对这种现象的精准描述。尽管有人怀疑格力高事件的主犯意图从股价波动中获利，但神山健治可能更愿意将其想象成无政府主义者的挑衅。笑面男的目的是，通过各种并未造成真实伤害的恐怖事件吸引九课去调查政府部门与大公司背后串通好的通过压制低廉的电子化病患治疗技术以谋取垄断利益这一阴谋。

如同骇客在剧情中引发模仿行为，笑面男作为一个文化符号也在现实中激起涟漪。《笑面男》（*The Laughing Man*）本是塞林格 1949 年发表的一篇短篇小说，片中的笑面男图像下还有一句《麦田里的守望者》（*The Catcher in the Rye*）中的独白："我认为自己应当伪装成一个聋子、瞎子和哑巴。"塞林格的作品曾是数代青年的"圣经"，引发了无数反社会叛逆人士的共鸣，片中超级骇客的真实面目与其类似，不过他的选择是介入社会。"匿名者"、电子前哨基金会、维基解密等维护互联网公民自由的网络团体是他在现实中的镜像，笑面男图像毫不意外地被他们的成员公开使用，成为可能仅次于《V 字仇杀队》（*V for Vendetta*）中的盖伊·福克斯面具的流行抗议符号。如果说孤独（Stand Alone）是塞林格式人物的典型特征的话，那么互联网给了他们组成一个松散却相互联结的复合体（Complex）的机会。相比于对赛博格技术的科幻预言，2002 年上映的《孤独者的复合体》（*Stand Alone Complex*）已经准确描摹了 2003 年成立的"匿名者"这类组织的行动方式：信息的传播、共享、同步，依靠个人理性判断行动，产生无组织、无动员的自发联合，形成一个他们所说的数字化的全球脑，以集体骇客攻击的方式表达抗议，揭露被隐瞒的信息。这种最初只是小范围的集体行动，尽管有限、没有集中诉求、甚至带着娱乐和戏谑，但已经参与到塑造世界历史的进程之中。片中素子和九课虽是主角，却更像是笑面男的辅助者，虽然身为公职人员却认同“恐怖分子”的逻辑。这不仅和押井守影片的设定一脉相承，又可谓斯诺登的先声。

第二季《个体十一人》（*Individual Eleven*）从社会扩展到政治。真人版电影保留了这一部中的反面主角久世英雄，并将其和原版中的傀儡师融合。久世英雄所参与的“个体十一人”延续了孤独者的复合体的行动模式，但对于大战之后处于法外之地的东北亚难民而言，他更像是一个传统的革命领袖。崭新的网络扩散和串联与传统的集体动员和行动混合在一起，从大量难民的无数银行账户中盗取的小数点后几位的微小额度汇成了巨额资金以支持久世的行动，这像极了美国左翼选民靠小额捐款支持桑德斯的方式。*Ghost in the Shell* 再次惊人地预见了现实。神山和押井明白，在大资本和掌权者有着影响权力的便捷途径的政治结构中，弱势群体只能依靠相互团结的社会互助网络。

除了两部 TV 版，神山健治还执导了一部以录像带形式首发的作品 *Solide State Society*，它算是 TV 版的续集。这一部更集中地体现出神山对当代社会的理解和他所继承的押井风格。“Solide State Society”和“Stand Alone Complex”一样是对真实现象的一个精准描述，但语意双关，更难翻译。“Solide State”本身是片中没有子女、靠智能监护系统护理的“贵腐老人”们的个体意识在网络上形成的集体意识的自称。他们在超级骇客傀儡廻的帮助下绑架受到虐待的儿童，篡改其记忆和身份记录后加以收养，以避免他们死后遗产被国家征收。这个表面上意为“固体状态”的短语让人不知所云，但若理解为固化国家，即揭示出贵腐老人网络与其所嵌入的国家体系的同构性。傀儡廻隐身于政府议员藏匿部分被绑儿童并进行电子化政治洗脑的组织中。鼓吹日本人纯种性的议员的目的是通过洗脑培养党派接班人。贵腐老人虽然反抗国家的遗产征敛，但靠绑架儿童实现的目的亦不过是和种族传承类似的遗产传承。无论是种族主义者还是贵腐老人都要维持一个固化的封闭系统，尽管一个系统试图挣脱另一个系统的控制。置身其间的九课和草薙素子面对着行动上的两难，最后傀儡廻身份的揭露更加重了两难间的分裂，并强化了素子所处的边界状态。当素子质问傀儡廻的真身时，对方回答：“这样有着自我中心正义感的人在你记忆中应该不多吧。”素子的回忆中闪现出从九课成员到久世等各色人物，最后定格为自己，镜头同时显示，傀儡廻使用的义体正是素子自己曾使用过的义体。神山在暗示，傀儡廻是已经可以自由在不同义体之间转换、甚至同时控制两部义体的素子的部分意识。傀儡廻仿佛素子分裂的人格，但二者又秉持同样的信念。是否使用没有界限的手段践行信念是素子时时面对的矛盾。这种内部张力早就埋在押井脑中。

三、*Ghost in the Shell*：边界之人与人的边界

押井守导演的两部电影版中的人物行动都应当放到上述政治语境中来理解。真人版的一大改动是将电脑程序傀儡师和久世英雄嫁接，删除了程序产生意识这一想象。这类幻想在好莱坞不算什么新鲜玩意，但没有了原版中傀儡师所说的“生命是信息洪流中的节点”这一段对生命本质的追问，电影深度顿失，好在核心理念上与原作偏差不大。无论押井还是神山，都在质疑，如果记忆可以随意修改，个体凭借什么保持自我的同一。真人版对这个问题的回答颇为简单：人不仅是靠记忆，更是靠行动确认自我。虽有好莱坞思想快餐的味道，但基本上道理不错。尽管在原版傀儡师的追问中，记忆和所有信息一样可以储存在外部设备中，可以随意篡改，但问题是自我意识如何作为一个信息节点而诞生。自我不仅需要依靠感知和数据搜集产生的信息累积，而且在信息收集初始就需要面对什么信息是真、什么信息是好这些判断难题。自我如果要靠行动显示自己的存在，就需要依靠这些判断，将其作为行动依据。

现有的智能神经网络所依靠的工程师的调教、输赢策略的预设以及大规模人机交互的反馈，归根结底是统计学意义上的择优策略。在具有明确功利性效用的应用中，神经网络已经显示出惊人的实力。但在效用无法还原为计量优劣的应用中，神经网络的表现会产生明显的劣胜优汰效应。例如拥有自主学习能力的智能对话系统会迅速表现出种族主义倾向，因为在网络上人类留下的种族主义言论具有统计优势，而人工智能还无法从价值上判断这些言论的好坏。傀儡师作为一个情报部门的信息搜集程序如何获得行动的依据，是电影中启人思索的谜题。原作一定程度上触及关键：傀儡师被称为只是具有自我保存功能的电脑程序，但它前往九课的目的是以生命的名义申请政治避难权。自我保存是生命的基本特征，所有生命体最基本的运动是趋利避害保存自己。傀儡师如果以自我保存作为信息处理和进行活动的基本原则，区别于单纯信息累积的意识节点就诞生了。

然而，一，从无法自我保存的非生命体到能够自我保存的生命体是一个巨大的跳跃，中间发生了什么是一个神秘的黑箱；二，尽管傀儡师反诘人类的DNA也不过是自我复制的程序，但人行动的依据不仅仅是自我保存，毕竟最原始的微生物也是如此；三，自我保存的重心在于保存什么，如果自我是一个无限的信息收集节点，而收集的信息和收集机制又能轻而易举地复制，保存的意义何在？问题一是 *Ghost in the Shell* 的背景谜题，电影和 TV 版的情节都围绕问题二和三展开。真人版虽说出“人靠行动确认自我”这一台词，但找回原本记忆的素子显得只是一个 19 世纪破坏工厂机器的卢德分子那样的反技术主义者、一个助人为乐的美式超级英雄。脱离了押井守“安保一代”的历史语境，角色立刻丧失了其赖以存在的土壤。针对法外之徒的恐怖分子行动的素子和九课，是裸露在国家法权内里之外的暴力机关，因此得以窥见国家的各种狰狞手段。他们和押井数部作品中的主角一样行动在法与非法的边界之上。押井将自己心中的激进左派理念和良知伦理注入九课成员心中，用他们的行动传达自己对国家权力的质疑，并在虚构出的近未来世界中延续“安保一代”的精神遗产。只不过，他又为自己的态度添加了一重束缚：让他刻画的所有角色都身处自己讨厌的公安部门。一方面用角色心中秉持的正当性检视国家体系的脱轨行为，另一方面也不能不说是用国家秩序已然确立的合法性来约束可能脱缰的正当性诉求。

虽然在实践态度上可以保持审慎，但自由却又合乎科学逻辑的幻想突破了这重束缚。真人版的最后，素子拒绝了久世脱离义体进入网络世界的建议，北野武扮演的九课课长不伦不类地以国家安全的名义逮捕了汉卡总裁，又莫名其妙地征得素子的授权后将其击毙。原作中，素子和傀儡师结合，承认了新的生命形态，其彰显的是技术本身的激进力量。傀儡师作为不被承认却有着明确自我意识的存在申请政治避难时，是彻彻底底处于法权之外的赤裸生命。和过往一切法外之徒一样，它要求的是法权之下的平等庇护。过往一切的例外状态因地域、家族、阶层、民族、种族、性别等种种区隔而定，与对它们的颠覆相比，这是最彻底的突破，因为它冲破的是人与非人、生命和非生命的边界。只是到了这一临界点上，想象的激进力量不再能被想象者的实践上的审慎所掌控。

无论押井持有多么激进的左翼理念，他推崇的仍旧是个体的自由和平等，但与傀儡师融合后，个体的存在已成疑问。尽管傀儡师声称自己缺乏繁衍和死亡能力，无法产生变异以对抗病毒，因此要求与素子融合，但另一方面它又用一段佛教式的用语鼓动素子打破我执的局限，放弃对自我同一的坚持，融入无限的网络信息海洋。差异和保存的前提是个体的存在，当个体本身消弭时，剩下的只有无限杂多的数据和掌控一切的超级智能。这正是尤瓦尔·赫拉利在《未来简史》中呈现的前景和危险：随着计算机技术、人工智能和生物科技的发展，文艺复兴以来奠立的人文主义价值观将被彻底颠覆，生命将被还原成一串串的数据，政治本身也将不复存在，唯有一个无处不在的中央数据处理器。神山健治意识到老师的想象中蕴含的危险，所以在表现九课的思维战车塔奇克马们在相互同步信息时如何能产生个体的差异和独特性的时候，他的一个设想是给它们喂天然机油，从而催生自然的口味差异。这个看起来幼稚的设想，也许非常关键。虽然在 TV 版第二季中久世的目标是带领难民的意识进入网络从而获得解放，但 *Solide State Society* 中贵腐老人在网络上的意识构成的固化国家也在提醒人们，数据主义式的意识联合和现实中的固化国家一样可怕。就如霍布斯用无数小人堆成的巨人比喻国家这一人造物，为了为现代威权国家奠基，独裁者也莫不青睐大数据的收集。谁若坚持人文主义的价值观，谁就要警惕这一危险。可能的选项是抵制任何一种系统的独大，保持“Stand Alone Complex”。

第三辑

学术与政治

德国学生运动观察（一）

2009 年，德意志联邦共和国建国 60 周年。6 月 15 日至 19 日，全德学生为 60 周年国庆送上了一份特别的献礼：全德总罢课！这再次印证了德国社会学家卢曼的一个观点：抗议政治是联邦德国的辨识特征之一。

德国学生运动的历史源远流长。上溯两百年，1788—1795 年，黑格尔和谢林先后就读于图宾根新教神学院。此时，法国大革命的号角已经响彻欧洲，神学院里僧侣般的严苛管束未能阻拦学生们挑灯夜读被视为无神论者的卢梭和康德的热情。想方设法逃出神学院的同学在被迫返回后带来了鲁热·德·利尔（Rouget de Lisle）于 1792 年谱写的《马赛曲》（*La Marseillaise*），谢林将《马赛曲》译成德文，几位至交一起植下了“自由树”。就在这样的环境下，德国最富创造力的一代天才奠定了后来改变整个欧洲精神面貌和现实世界的思想原点。成规模的学生运动则可追溯至19世纪的德国民族主义运动，但具有左翼色彩的当代学运显然起源于“68一代”。在当时联邦德国由左右翼政党联合执政，议会内并无实际反对派存在的情况下，20世纪60年代的学生运动构成了声势浩大的“院外反对派”。而与其他西方国家一样，60年代的高潮过去之后，德国学运也渐渐消退。不过，“68学运”并未因为过于高涨的理想主义情怀而沦为历史上的一场闹剧，它不仅在社会学学理意义上构成普遍的社会运动史的一个重要环节，而且现实地成为德法等国“学校政治”的精神基石。任何一次大规模学生运动都在唤起人们对“68一代”的回忆。

一个具体例证便是，在2009年6月17日图宾根大学游行日，游行队伍又一次打出“恩斯特·布洛赫大学”的旗帜。1977年，图宾根大学哲学系教授恩斯特·布洛赫（Ernst Bloch）去世，图宾根大学学生联合会为了纪念这位学生抗议运动的精神之父，将这座有着500多年悠久历史、全名为图宾根艾伯哈特与卡尔大学（Eberhard Karls Universität Tübingen）的大学改称为图宾根恩斯特·布洛赫大学（Ernst Bloch Universität Tübingen），而取代校徽上那棵枝繁叶茂的老树的，是一只高举起来握紧的拳头。这个标记源于恩斯特·布洛赫在被授予荣誉教授职位的演讲上，高举起紧握的拳头，表示对一切现存不公的反抗。这位乌托邦主义者以他对青年马克思的研究和“二战”时流亡美国期间写下的《希望的原理》（*Das Prinzip Hoffnung*）享誉于世，他和 20 世纪 60 年代德国学生运动领袖鲁迪·杜切克（Rudi Dutschke）的忘年交使他的思想直接在青年一代中产生影响。

这种精神传承更明显地表现在学运组织者的身份上。德国的学生抗议一般由类似“学生政府”的各校学生联合会（AStA）组织，这个 19 世纪就产生的学生组织在德国 60 年代的学运中起着全国大串联的作用。而在 2009 年的活动组织者名单中还可以看见一个上年纪的德国人非常熟悉的学生组织的名称简写：SDS。这个简称在 60 年代代表着“社会主义德意志学生联盟”，“二战”后由德国社会民主党（SPD）在高校中建立，但当 SPD 放弃激进路线转行议会政治之后，SDS 与 SPD 决裂。1961 年 SPD 开除了所有 SDS 成员，而 SDS 后来独立领导了院外反对派运动。学运渐入低谷之后，SDS 于 1971 年解散。1988 年 SDS 试图重建未果。2007 年 5 月 4 日，马克思 189 周年诞辰之际，在美茵河畔法兰克福成立了新的 SDS，由三十多个独立的高校左翼学生组织联合而成，其全称改为“左翼·社会主义民主学生联盟”。值得一提的是，一个多月后的 6 月 16 日德国成立了一个新的党派——左翼党（Die Linke），SDS 在其主页上明确宣称其政治路线靠近左翼党。

如今，在欧洲各国已经普遍建立完备的宪政体系、代议制民主及独立司法制度的情形下，继承“68 精神”的左翼学生运动，虽然不是针对任何明确可见的强权和不公，却有着更深层次的目标，它针对的是永远不可能完全消除并且无时无刻都可能压迫个体的体制性和技术化强制。

1997 年欧盟成员国签订《里斯本协议》，原则上相互承认各自的高等教育文凭。1998 年，欧盟四个主要成员国法国、德国、英国和意大利的教育部长在巴黎索邦大学（Université Paris-Sorbonne）发表《索邦宣言》，主张进一步推进欧盟各国高等教育制度的统一，建立通行的成绩评价体系，欧盟各国学生在任何欧盟国家获得的教育文凭都自动被其他欧盟国家政府承认。1999 年 29 个欧洲国家的教育部长在意大利博洛尼亚（Bologna）发表《博洛尼亚宣言》，承认并扩展了《索邦宣言》，提出了具体实施计划，并确定，截至 2010 年，各国必须落实各项统一的教育制度。由《博洛尼亚宣言》奠立的教育改革计划便被称为“博洛尼亚进程”（Bologna Process），这项工程的基本政策包括：废除欧盟各成员国原有的高等教育学制，统一施行学士—硕士—

博士三阶段学制，对前两个阶段启用标准化的学分计算系统（The European Credit Transfer and Accumulation System，ECTS）。ECTS 对学生的学业安排做出了彻底量化的规定。基本来说，大部分课程都按照模块的方式安排，每个模块含有若干门课程，配备确定数量的学分，包含从听课、材料阅读、课堂讨论、实验到研究性作业等一组学习内容，各项均有确定的学时，少数非模块化课程也是没有确定学分的课程单元。学生只能选择相应的模块，而不能任意选择各类课程，同时必须完成模块内的各项内容才能获得相应学分。

"博洛尼亚进程"的目标是增强欧盟国家间高等教育的流动性、可比性，提高国际竞争能力，使任何一所欧洲大学培养的学生都能适应整个欧洲职业市场的需求。这项工程显然是欧洲一体化进程中的重要一环，随着技术、能源、市场和货币一体化的完成，欧盟向着更深层的文化一体化迈进。然而，这项工程却是欧洲古典大学理念的彻底死亡。

以德国大学为例，其学制分硕士（Magister，区别于 Master）和博士两个阶段，并无学士学位。硕士学段没有时限规定，一般需要 12 个学期修完学业。每个学生必须选择两门主修专业或者一个主修专业、两个辅修专业，在专业选择上几乎没有任何限制，学生可以按照兴趣任意组合。在课程选择上，则仅仅在学科组成部分层面上做出必修要求，除此之外，可以自由选择任何课程。学生对于自己的学业安排拥有最大的自主权，可以自由决定学习重点和方向。正是在这样的制度安排下，德国大学培养出一代又一代博学又各具特色的优秀学者以及具有自由学习能力的学生。在自由的学术空间里，德国各个大学也都各有优势，并且这种比较优势通过自由转校制度得到充分发挥，学生可以前往他向往的任意大学的某个系科，或者追随某位学术大师。20世纪20年代，原本在弗莱堡大学任教的海德格尔在马堡大学获得教授席位，他在弗莱堡的学生便纷纷追随这位20世纪西方最重要的哲学家之一转学至马堡。就在这批学生里涌现出阿伦特、伽达默尔、约纳斯等一群后来各自独领风骚的大家。而如今，随着教育改革的实施，不仅学生的学习自主权被剥夺，转校权也只有很少比例的学生能够享受。柏林大学创始人洪堡提出的教育理念，也就是被蔡元培先生所推崇并带回北京大学的教育理念开始在德国逐步丧失。

“博洛尼亚进程”显然是为了与美式高校制度接轨。美国本身因为私立大学占主体，不可能推行一体的教育体系，秉持人文主义的博雅教育在美国大学仍占有相当地位。欧洲教育改革划分出学士—硕士两阶段学制并无可厚非，但其具体操作完全以市场为指向，以一刀切的方式确定所有系科的教育目标，其标准化、技术化的制度安排仅仅为了制造符合市场需求的职业人才。经过大学教育的学生不再是拥有独立人格的个体，而是可以量化比较的人力资本。在德国，更为极端的是学时严重缩短，其中，学士只有三年，硕士则为两年。历史悠久的德国大学开始变得像高效运转的大工厂。虽然市场化指向也许对某些学科来说有其益处，但对神学、哲学、历史学、古典语文学和文学等传统人文学科而言，却是毁灭性的打击。更别说，传统人文学科本就由于缺乏明显经济效益，导致经费逐年缩减，教授席位不断裁撤。

这个堪称市场原教旨主义产物的计划，在金融危机引发新的反资本主义思潮的情势下，招致更大的反对。德国各联邦州近年来均产生教育经费不足的问题，大学教职减少，教授席位撤除，不少课程由年轻助教代理，许多大学由不收取任何学费到每学期收取500欧元上下的费用。同法国一样，反对大学收费的学生抗议从几年前便开始不断出现，但由于德国同样面临财政紧张，社会福利制度难以为继的问题，且现行学费毕竟不高，因此高校收费似已成必然之势，数年来的学生抗议并未取得多大成效。金融危机之后，联邦政府投入数千亿欧元救市，教育经费却未见任何增长，这引发了民意强烈反弹。经济条件的限制也让教育领域的公平受到损害。学时缩短，学业负担加重，这使得必须打工赚取学费和生活费的工读生最先受到冲击。转校、攻读硕士必须有足够的财力支撑，这导致只有富裕学生才能享受更好的教育。同时，德国的中学教育也在进行改革，人文中学（Gymnasium）的学制从13年缩短到12年，教师数量减少，导致班级人数越来越多、学业越来越重，让中学生也抱怨不已。而富裕学生却能转学到教育条件更好的学校。对于公平意识强烈的德国社会而言，受教育权利的不平等，是对公平的最大损害。

对教育改革的讨论和批评很早就出现在德国各类媒体上。2009年1月，美因茨大学天主教神学系教授马吕斯·赖斯尔（Marius Reiser）更是以辞去其教授席位以示抗议。以其德高望重的地位而行如此激烈的举措，这位神学系教授为后续的抗议政治点燃了引线。2009年6月15日开始的一周，全德大学生为反抗“博洛尼亚进程”的系统化、技术化规训，乃至为了抨击资本主义，走上街头，静坐、游行、示威，发挥想象力，展开各种极具创意的抗议活动。6月15和16日，大多数大学的校长室被抗议学生占据。6月17日，20多座德国城市的大中学生进行总游行。6月18日，柏林作为学生运动的中心，掀起模拟“抢劫银行”活动，德意志银行、住房抵押贷款银行和商业银行等多家金融机构营业所被抗议学生占据和封锁。6月20日，海德堡大学抗议学生继续在校长室静坐，被警察强行驱散。当天，柏林学生将抗议范围进一步扩大，试图穿越前柏林国际机场所在地坦佩尔霍夫（Tempelhof），以反对政府将其出售并规划为高档商业用地，因此与警察发生严重冲突。6月22日，图宾根大学学生仍在继续号召新的集会。正如被枪击致重伤并被限制活动的鲁迪·杜切克1974年11月9日在绝食而死的极左恐怖组织“红军派”成员霍尔格·美因斯（Holger Meins）的葬礼上说的：“斗争在继续。”

德国学生运动观察（二）

2009年11月初到12月中旬，德国和奥地利大学生抗议“博洛尼亚”教育改革计划的秋季活动已经持续一月有余。与6月份时仅仅持续一个星期且只限于德国境内的夏季抗议活动相比，这一次，学生们试图用更大的规模和更长的时间让寒冷的秋天也燃烧起来。虽然这个秋天比往常暖和，但在秋季活动刚开始时，德国大部分地区也下了初雪，到圣诞假期前的最后一个星期，许多地方的最低气温到了零下5摄氏度左右。12月17日，图宾根大学的学生们组织起今年的最后一次游行。时间没有选在阳光灿烂的中午，而是选在夜幕将临的下午四点。运动组织者推着堆放着音响和麦克风的小车，播放着“革命歌曲”，领喊着口号。虽然不多却也有一百多号人的队伍簇拥着小车沿着交通主干道前行，时而散步，时而狂奔。队伍最后是另一辆小车，车上载着加热过的甜葡萄酒以供取暖。五点时，天已全黑，天上不时飘下几片雪花，冰冷的天气冻得人头疼。参加者仍热情不减，甚至在通往斯图加特的十字路口上静坐了约半个小时。

游行是穿插在这次抗议活动之中的曲目，主要手段则是占领讲堂。11 月初，包括奥地利维也纳大学、因斯布鲁克大学在内的至少 35 所德国和奥地利的大学的学生，相继占领了本校某栋主教学楼的某间讲堂，要么是使用频率最高的教室，要么是最重要的演讲大厅。他们制订了一系列日程，例如在讲堂里练瑜伽、听音乐、看电影，以及围绕教育改革展开各类演讲和讨论。疯狂时，以图宾根大学为例，从 11 月 25 日晚 6 点以一位教授题为“席勒与人的教育”的演讲开始，一直到 27 日晚 6 点，除了断断续续约 4 个小时的空闲时间外，每个小时都有一人主讲，深夜凌晨也不例外。

围绕教育改革的争议很大，暂且不论。此次持续如此之久的学生运动实在是观察德国社会运动文化、了解所谓“社会运动社会”的一面绝佳窗口。自从“68 学运”结束、左翼思潮降温以来，许多评论者都将那场蔓延整个世界的运动视为一代学生的青春期闹剧。其中包括有着世界级声誉的思想家，比如本身以社会批判理论闻名的法兰克福学派领袖哈贝马斯，虽然持自由主义立场但迥异于英美自由派、对马克思颇有研究的法国社会学家雷蒙·阿隆（Raymond Aron），自称左翼黑格尔主义者、参与欧洲一体化进程设计的法国政府高参亚历山大·科耶夫（Alexandre Kojève）。直到晚近，大量以此为主题的文学艺术作品也以类似角度进行反思，著名者有意大利导演贝托鲁奇2003年的作品《戏梦巴黎》（*The Dreamers*）。然而，这些从宏观层面对“68一代”要求的整体变革做出的死刑判决，掩盖了微观层面发生的累进式变化。然而，正是这些变化塑造了西方民主社会的普通公民的日常政治生活方式，丰富了现代民主的内涵。这一被社会学家称为“新社会运动”的变化意味着，一个成熟、巩固的民主社会不仅有宪法、代议制、权力制衡等等这些国家制度层面的安排，而且要容纳、保护公民自发组织的、诉诸各种议题的运动和组织。

德国既是“68学运”也是其后环保、反核、同性恋等新社会运动的策源地之一，至今已形成持久的社运传统。虽然不同文化下的社会运动作为人类的自发行为，在形式、手段、目的等方面有着诸多相似，但由于文化、政治体制等诸方面的不同，产生了查尔斯·蒂利（Charles Tilly）所说的民主化和非民主化社运的重大差别。前者以协商为最终归宿，后者则陷入暴力冲突的泥潭。这一差别往往决定了一国是走向民主转型和巩固，还是持续的暴政。对德国成熟的社会运动做一番观察，相信能呈现一些有趣的现象。兹就组织、动员、抗议手段、社会舆论以及官方反应五个方面对这次学生运动做些考察。

一、组织

20 世纪 60 年代的学生运动建立起广泛的组织网络，如有着明确政治立场、近似政党的社会主义德意志学生联盟（SDS），和由各高校学生选举产生、独立于校方的大学学生联合会（AStA）。前者虽然于 1971 年解散，后者则一直作为学生自我组织和管理的机构存在下来。德国历次学生运动往往是各地大学在同一时间段统一行动，并采取一致的步调、类似的形式、相同的标语或口号，而不是由某几所大学带头示范后产生群聚效应。相信 AStA 这样的组织在高校间联络与共同计划中扮演了重要角色。

不过与 60 年代学运明显不同的是，如今的学运虽然也有跨区域联合的特征，但地域性特色更强。由于不再有涉及社会各个领域的整体政治诉求，而是针对教育领域的具体问题，而教育事务由各州文化部各自主管，所以诉求对象一般针对校方和州政府而非联邦政府，故很少有各地学生齐聚柏林、法兰克福等主要城市进行抗议的情况发生。只是随着运动的升级，学生们会在各州首府组织本州学生进行联合游行。少数情况下，如 12 月 10 日在波恩召开各州文化部长联席会议期间，各地学生借机齐聚一地进行集体抗议。因此，除了 AStA 这样的全国联合组织之外，在各地学生运动中进行具体策划的是形形色色的本地青年组织。在图宾根就有系科联席会议、新民主青年、绿色青年、左翼青年、马克思行动派以及各类临时性联盟等大大小小十数个组织开列于合作者名单上。

必须说明的是，尽管有这么多学生组织，但并非某个或某几个组织牵头主导。实际进行计划安排的其实是少数积极分子，他们可能是某些组织的成员，也很可能是临时参加的、以前毫不相识的个人，维系他们之间来往的不是组织关系而是私人交往。抗议活动开始之前，一些核心分子通过网页、邮件的方式召集所有有兴趣参加者聚会、互相结识、制订计划。进行活动时，则以一个临时的名义出现，比如 6 月份各地的组织者被简单叫作学生罢课联盟，因为秋季抗议活动的一项重要内容是每天在被占讲堂召开全体大会，故而许多安排以全体大会的名义发布。图宾根的活动传单明确标明其由许多个体合作完成。可以发现，这些核心成员往往是激进的左翼青年甚至无政府主义者，他们打扮奇特，举止触目，颇有60年代嬉皮士的遗风，在思想上也追续“68精神”传统。法兰克福大学校方将这些人描述成根本上反权威的极端分子，指责他们利用学生对教育改革的不满将学生抗议引向他们所主张的反资本主义方向，以及指责他们对学运的领导和组织也不符合民主的合法性。但这样的组织方式正是新社会运动的特征。与传统社会运动严密的组织网络、严格的组织纪律不同，新社会运动的组织非常松散、来去自如，而且往往有多个小团体多头并进。当然，积极分子会做意识形态的引导，但他们提出的口号、计划和抗议曲目都必须经过后续加入者的实时民主讨论才被大家所接受，而且在抗议进行时随时有人会提出临时的替代方案。

最后，不能否认的是，学生运动背后有社民党、绿党或者左翼党等政党成员利用政治经济资源提供支持，甚至直接参与。这也是许多反学生抗议人士指责的重点，他们宣称这些政党将教育改革问题政治化，利用学生抗议谋求一己的政治目标。但如果考虑到学生利益始终也要由相关党派在议会层面进行表达，教改问题最终也需要通过政党政治在议会和政府层面解决，而且教育作为关系全社会的议题，任何个人和组织都有权介入，这些指责便站不住脚。

二、动员

德国大学生并不热衷于网络，其联系方式十分传统，所以博客、Twitter 甚至手机都不是他们的主要动员手段。虽然各个大学都办有抗议活动宣传网页，秋季的活动还有一个汇集全国信息的网站，但只有少数人浏览。基本的宣传动员手段还是海报、传单，以及很重要的地下自由电台。在图宾根这样的大学城，在食堂、图书馆、主要车站等人流密集之处粘贴海报可以获得很好的宣传效果。自由电台的传单则贴满了四处可见的红绿灯灯柱。有时还有更为原始的手段，即进入正在上课的教室分发传单、即席动员。没有老师会将此视作对他们教学活动的打扰，老师们一律会理解和支持，在场学生无论感兴趣与否也都会在来人讲话完毕后敲击桌面以示支持。

举行派对亦是动员的一种方式，当然如此的狂欢往往发生在某次活动之后，用以鼓舞士气，为后续抗议做准备。而在重大的抗议活动，比如大规模游行之前，主教学楼前将召开全校学生大会，用来分析问题现状，邀请各方代表发言，申述学生要求。路过的学生如有兴趣即可驻足倾听，不支持的可以立刻用脚投票。这一源自广场上召开的古罗马公民大会的政治活动简直就是西方民主的精髓。秋季抗议活动中还建立了咨询处，运动组织者于固定时间在食堂回答来往学生的问题，比如抗议目的、日程安排以及对教育改革具体细节的认识，并欢迎即时讨论。

因为意识形态色彩的淡化，运动组织者不会用激情澎湃的演讲鼓动听众，而是做实事求是的问题分析。政治鼓动在学生们看来也颇为可疑。运动的标语与口号也避免明显的意识形态色彩，主要以幽默与反讽的方式陈述事实。通过比较夏季和秋季标语口号的不同，更能发现这一点。由于6月份时金融危机余波未退，五一劳动节时德国许多城市又刚刚发生过激烈的工人示威活动，因此夏季的抗议充斥着各色反资本主义标语。一个到处可见的标语是“富裕父母为大家”，这简直和左翼党提出的征收富人重税的议案的主旨相同。或许因为意识到有人批评其将反教育改革与反资本主义捆绑，秋季的标语与口号更多针对教育本身。有条有趣的标语叫“教育太贵了，愚蠢值多少钱”，游行中一直呼喊的口号是“教育自由，否则扯淡”，或者“我们就在这，我们很响亮”，还有改编德国民歌、圣诞歌曲而来的讽刺歌谣。显然，非对抗式社会运动的标语口号与“反对”“打倒”“抵制”这样的措辞相比需要花更多心思。

三、抗议手段

德国终究是马克思主义、无政府主义的策源地，诞生过无数革命分子，因此静坐、占领建筑物、封锁交通这些激进的抗议方式依旧是德国社运惯常采用的手段，左翼和极右翼还不时发生暴力冲突。6 月 17 日图宾根游行时，学生们封锁连接全市所有主干道的十字路口达四小时之久，造成全市交通堵塞。在左翼学生大本营柏林，抗议活动更加激烈，除了大规模封锁交通之外，学生们甚至上演了一场“抢劫银行”的滑稽剧，以示对资本主义的反对，最终招来大批警察清场。海德堡大学学生在校长室的静坐一直持续到夏季抗议周的周末，也遭到校长报警驱逐。秋季占领讲堂行动自然让许多正常教学活动无法进行，《法兰克福汇报》（*Frankfurter Allgemeine Zeitung*）报道说，法兰克福大学学生占领了一座历史悠久的大楼，少数极端分子在墙壁上肆意涂鸦，校长声称造成 26 万欧元的损失，在随即进行的清场过程中，学生的反抗还导致三名官员受伤。这次清场使学生产生了很强的对抗情绪，以至于抗议学生长时间拒绝与校方进行任何对话。

极端的抗议手段无疑会被人们指责，但政治的实质就技术层面而言终究是，因利益分歧产生冲突并寻求解决的过程。尽管民主社会抗议的最终落脚点是协商，但如果不通过一定程度上激烈的对抗来引起社会关注、施加压力，没有任何阶层会主动放弃既得利益。以教育改革而言，其直接动机之一是减轻财政压力，以德国和法国为代表的欧陆国家传统上实行类似硕士—博士两阶段划分的学制，凡考入大学者直接接受至少六年的硕士教育，且长期以来不收学费。又因为忠实于启蒙运动以降的自由教育理念，学生对自己的学习安排有很大自主权，不少人的硕士攻读年限长达十年。而这些都意味着大笔的财政支出。推行英美学士—硕士—博士三阶段学制的教育改革通过以下两项主要内容可大幅降低教育支出：一是学士攻读年限限定在三年，二是硕士攻读名额有限制。反对教育改革的学生抗议，除了教育理念的巨大分歧，归根结底是要夺回自己曾经享有的权益。如果抗议不升级，执政当局不可能主动让步，从春季到秋季学运规模的不断扩大也证明了这一点。

还可以从另一方面为一些会触犯法规、侵犯他人利益的激进抗议手段辩护。反对教育改革不是对某些特殊群体或者个人的利益诉求，其利益相关者是全体学生，间接的是全部德国家庭，他们都是抗议成功的潜在受益者。学生运动是积极自由的表现，运动组织者和参加者无疑为其付出了大量时间和精力，堵塞交通、占领教室等激进活动妨害的是他人免受干扰的消极自由，但就这些被妨害者可能都是潜在的受益者而言，他们便不得不做出一定牺牲。在一定程度上积极自由优先于消极自由。

总体而言，德国学生在政治上非常成熟，抗议的目的还是对话。从中学的互助式学习到大学的研讨班及小组报告，理性讨论已成为德国人的一种基本生活方式。6 月份长达四小时的街头封锁不是简单的静坐，而是当场与校长展开讨论，而且每通过一个决议都要按照少数服从多数的简单原则进行民主表决。秋季占领讲堂时，学生们也与赶来劝阻的校长进行讨论，最终争取到他不报警清场的允诺，其间举行的一系列演讲、咨询、辩论更是为了促进理解、达成共识。

四、社会舆论

“68 学运”之后，德国社会对学生运动的批评甚多，那个轰轰烈烈的时代反而不时成为嘲讽的对象。夏季运动刚开始时，就有媒体文章用“学生们又上街了”的口吻讥笑他们无明确目的的群体狂欢。知识界、文化界也不像 60 年代时那样对学生运动表示普遍的同情和支持。几大主流媒体都对学生运动做出有所保留的评价，当然，按照政治倾向，论调上有明显不同。《法兰克福汇报》整体上赞成博洛尼亚计划，揭发学运组织者的激进作为，但也认为教改需要做出很多调整。《时代周报》对学运多有称赞，但更会指出学运在计划安排、目标设定上的不足，以及学生们忽视博洛尼亚计划带来的好处。

学生们的直接支持者来自高校教师，包括保守的教授们。教授们，尤其是人文科学的教授们是洪堡教育理念的坚决捍卫者，早在学运开始之前，就有天主教神学系教授以辞去教席的方式表示抗议。因此，与60年代学运中多数教授们的保守表现不同，特别是在秋季的抗议活动中，教授们和其他教师多有通过公开演讲的方式表示支持。图宾根大学校长报警驱散抗议学生后，一位神学系教授在他的一堂讲授课开始前特意发表了一番批评校长、声援学生的演讲，指责这位校长是当时唯一一个报警的校长，致使学校声誉蒙羞。另有一位修辞学教授撰写公开信在教室传发，谴责校长的行为。即使是法兰克福大学校长为了惩罚学生对历史建筑的破坏而报警，也受到校内教师和校友的舆论压力。可以看到，几十年的社会运动发展下来，德国已经形成非常自由宽松的氛围，德国人即使并不完全同意抗议者的主张，但也赞同他们以合适的方式表达意见，促使全社会共同参与讨论。

五、官方反应

拥有暴力机关的政府如何应对社会运动带来的突发状况，可以用来衡量一国的民主制是否稳固、成熟。游行、抗议、示威等社会运动手段在德国依赖于《联邦基本法》第八条所保障的每个公民的集会自由权。据鲁道夫·瓦塞尔曼（Rudolf Wassermann）主编的《基本法评注》所述，这一权利自启蒙运动之后得到当时德国各邦国法律承认，但在1848年复辟后受到严格限制，直到1918年在革命的冲击下这些限制才被解除，而在魏玛宪法中集会自由还未被表述为根本的民主权利之一，在随后的纳粹时代则被彻底剥夺，正是由于这一惨痛经验，制定基本法时，没有经过任何争议乃至讨论集会自由就作为公民的基本权利获得通过，并在其后的60年代成为学生运动的合法性来源。然而，即便得到宪法层面的承认，集会自由在战后德国初期并未得到很好保障。1967年6月2日伊朗国王穆罕默德·礼萨·巴列维（Mohammad Reza Pahlavi）访问柏林时，数百名柏林大学生聚集抗议伊朗独裁统治，因而遭到伊朗随行人员殴打。在场的德国警察不仅没有制止，而且很快用警棍和高压水枪开始了镇压学生的行动，一名28岁的大学生随后被一便衣警察开枪打死。这一事件直接点燃了“68学运”的高潮以及极左派组织对国家暴力机器的武力对抗，抗议学生与警察的冲突愈演愈烈。不断的流血冲突促使德国政界、法律界开始反思社会运动的合法性空间，在反思代议制民主局限性的同时，也承认了集会作为直接民主的意义。法律界开始探讨抗议活动适度触犯法规的合法性基础，德国警察开始接受灵活处理社运突发事件的培训，并改善与抗议者接触的手段，一些激进的抗议方式亦被允许。另一方面社运参加者也积极寻找合适的运动方式。各方合力最终促成了今日德国的非对抗的社运环境。

6月17日图宾根学生封锁城市交通时，学生们首先要求在场的警察局长承诺不会下令驱散学生，警察局长当即表示在不发生严重事件的前提下不会干涉抗议活动。市长跟学生交涉多次未果后，与学生妥协，约定了四个小时的活动时限。校长也不得不在街头与学生进行讨论。11月17日图宾根大学上千人参加的游行队伍以游击战的方式在市内多处交通要道上穿行、静坐，在12月17日最后一次的游行中学生们也在冰冷的街头静坐了半小时，对此，跟随的警察都保持了克制。冲突当然仍旧存在，在柏林，由于学生抗议规模之大，对市内公共场所造成巨大影响，柏林警方出动了防暴警察，大量学生被捕。11月初图宾根学生占领一间讲堂后不久，校长也以干扰教学秩序为由报警，警察在

11 月 12 日清晨驱散了在讲堂内过夜的学生。五天之后，学生们卷土重来。校长很快闻讯而来，试图通过封锁教学楼阻止继续前来的学生，但在学生们的质问下，且因受到舆论压力，同意不再阻拦。在其他德国和奥地利大学，清场也时有发生。

官方最终的反应是，政府相关部门要对抗议议题做出回应。12 月 10 日在波恩举行的州文化部长联席会议就此进行讨论，但教育部门推行博洛尼亚计划的决心始终未变，只是在细节上会做出改进。联邦教育部长沙万女士则宣布各大学可自行决定是否将学士年限延长至四年，并声称硕士入读并无名额限制。《法兰克福汇报》评论说，在德国经济不景气、财政紧张的情况下，教育部门对已经筹备十年的教改计划的调整已很迅速，但学生的要求大部分没有达到，运动仍会继续下去。

指向未来的希望

2009年11月9日，柏林墙拆除20周年纪念日。与各国政要云集、庆祝活动不断的柏林相比，小小的大学城图宾根没有任何特别迹象。柏林墙倒塌已经是20年前的旧事，可以观察、可以反思、可以讨论的似乎都已经穷尽，除了政界、媒体、出版界的聚焦之外，对一般德国民众而言，墙，早已不再存在。更何况地处德国西南部施瓦本地区的图宾根，风土人物与前民主德国的萨克森、普鲁士地区相比本就迥异，东边的事，这边的人们也不太上心。

新开始的这一周，却也有些不同，一是下了今年第一场雪，二是学生们又开始静坐了。与6月份的游行一样，这次的目的还是抗议近年来在全欧盟推行的“博洛尼亚进程”。半年前的抗议在图宾根大学获得的唯一成功仅仅是三年的学士学制可以延长到四年，而在有些地方甚至毫无收获。学生们并不甘心，再次于10月中旬开始的新学期组织各类抗议活动，这一次甚至实现了跨国联合，维也纳大学也加入了进来。天气寒冷，学生们不可能像6月那样到街头静坐，于是占据了一座主要教学楼，在楼内刷满各类标语，制订好了包括瑜伽、早中餐、音乐和电影在内的静坐持久战计划。如果不被警察强行清场，学生们就会天天晚上在这里睡下去。楼内照例竖起"恩斯特·布洛赫大学"的黑色大旗，这面旗帜自20世纪70年代以来就是图宾根大学学生运动的标志。

恩斯特·布洛赫也许是1961年8月13日清晨柏林墙封锁后第一个逃至联邦德国的民主德国知识分子。那一天，他和妻子卡若拉·布洛赫（Karola Bloch）正在慕尼黑火车站等待来接站的朋友，很快，他们从朋友口中得知了早晨发生的一切。1960年布洛赫受邀到图宾根大学演讲，这位凭借流亡美国期间开始写作的《希望的原理》获得世界性声誉的哲学家，在这座大学城受到学生和知识分子们的热烈欢迎。不久布洛赫又再次受到邀请，以客座教授身份于1961、1962年冬季学期到图宾根大学任教。正是因为这份邀请，才让布洛赫夫妇在柏林墙修建前便离开了民主德国。

1885年出生的布洛赫，是格奥尔格·卢卡奇在柏林和海德堡求学时期的同窗好友，曾一同与瓦尔特·本雅明（Walter Benjamin）流亡巴黎，23 岁因写下《乌托邦之灵》（*Geist der Utopie*）一书而声名鹊起，因为其犹太人身份而于“二战”期间流亡美国，就在全世界一半土地陷入无尽的战火时，抱着对人类未来不懈的美好憧憬，开始写作后来影响了德国战后一代知识分子的《希望的原理》。在书中他将对美好生活、对改善世界的愿望看作人类本源的追求，或者说一切追求的本源。它不是某种潜意识中被压抑的欲望、某种对过去原初状态的回归，而是不会消失的潜能，是对“尚未存在之物”的希望，这希望没有明确的对象，也许只是白日梦，也许只是空中楼阁，却坚定地指向未来，一个未来的乌托邦，却又是具体的乌托邦，为了这个乌托邦人们知道可以做些什么。

1949 年联邦德国（西德）与民主德国（东德）分别“建国”，作为马克思主义者的布洛赫选择了回到民主德国，立刻受到民主德国知识界和官方的重视，不但破例让其以《希望的原理》作为后补的教职论文获得莱比锡大学教席，而且由当时民主德国最重要的建筑出版社筹划出版其作品集。布洛赫成了民主德国首席哲学家，在他周围，聚集起以汉斯·迈尔（Hans Mayer）、沃尔夫冈·哈里希（Wolfgang Harich）为代表的一群批判知识分子。他们怀着满腔热情，想要在战争的废墟上重建一个平等、自由、民主，一个比联邦德国和西方世界更好的社会主义德国。

然而，尽管知识分子怀有崇高的希望，希望却难免成为幻想。两德的分裂让德国知识分子同样面临一次政治阵营和人生道路的重大选择。由于当时东西阵营势均力敌，因此对他们而言并不存在多大政治投机的可能性，很大程度上是依照内心的信仰和追求来选择祖国。联邦德国在许多著名的反法西斯主义知识分子眼中，不过是美国主宰下的资本主义的复辟，而在表面的去纳粹化运动下，许多前纳粹分子被重新任命为政府官员。此外，在苏联占领军政府的同意下，民主德国于 1945 年恢复了多党制竞争，共产党与社会民主党又一次成为对手，但在苏联的支持下，两党很快结合成德国统一社会党。东部的基督教民主联盟、自由民主党等魏玛时期的市民阶层党派，基于“二战”时期与共产党一致反法西斯的合作经验，也摒弃了意识形态差异，与其结成统一阵线。东部显示出一片万象更新的面貌。出于这样的原因，诗人布莱希特和音乐家汉斯·艾斯勒（Hanns Eisler）也都回到了民主德国。不过，在苏联楷模的引导和控制下，共产党走向了专制。最初与共产党平分权力的社会民主党成员在统一社会党内部被迅速边缘化，并最终在 1948 年的清洗运动中被彻底扫出领导层，其他民主党派也不过成了统一社会党的附庸。当布洛赫和其他知识分子陆续返乡时，民主德国已经处在斯大林的忠实仆人瓦尔特·乌布利希（Walter Ulbricht）的统治之下。而他们的希望才刚刚燃起，他们授课、演讲、编辑杂志、发表文章，希望借助他们批判的权利和能力促进民主德国的民主和进步。1953 年斯大林的去世没有让他们看到希望实现的可能。紧接着，苏联坦克血腥镇压了 1953 年 6 月 13 日东柏林民众的罢工和游行，给知识分子浇了更大一盆冷水。1956 年波兰、匈牙利等东欧国家的政治改革相继被苏联扼杀，布洛赫的好友卢卡奇也被捕，险些遭到与匈牙利改革派领袖纳吉·伊姆雷（Nagy Imre）同样的命运。在柏林，布洛赫圈子的成员之一沃尔夫冈·哈里希与其他党内改革派被定性为反革命集团，随即被捕。尽管布洛赫为了保证自己苦心写作的书稿能够顺利出版在一定程度上选择了沉默，但不时发表的批评性言论还是导致自己很快被批为修正主义者。一夜之间他被同事和学生们孤立，只有迈尔等少数好友与他保持来往。处于斯塔西严密监视下的布洛赫只能将全部精力投入新的研究工作，直到 1960 年接到图宾根大学邀请，一切才出现转机。

当布洛赫夫妇置身联邦德国时，他们的儿子也在柏林墙封锁完成前最后一刻逃到西柏林时，在诸多好友的相劝下，布洛赫自己对于是否要永远告别民主德国却犹豫不决，一方面是担心锁在莱比锡家中的手稿，另一方面，他认为“联邦德国也不是马克思主义者的天堂”。所幸在苏尔坎普出版社（Suhrkamp）负责人齐格弗里德·昂塞尔德（Siegfried Unseld）的帮助下，手稿被安全运出民主德国。布洛赫终于决定留在图宾根，这一次，巴登－符腾堡州也破例通过一项专门的《布洛赫法案》，让图宾根大学可以聘请这位已经 76 岁高龄、早已超过退休年龄的哲学家作为客座教授继续讲学。在这里，他迎来了人生最后一段辉煌。

后来以“图宾根哲学导论”知名的演讲课于 1961 年 11 月中旬开始，在图宾根大学教学主楼最大的演讲厅进行。第一堂课演讲就被围了个水泄不通。在课上布洛赫首先要回答这么一个问题：是否存在某种经验，使得人们可以宣称，希望是彻底错误的？这个问题自然与他的经历密切相关，而被幻象严重欺骗了一次的布洛赫仍旧坚定地认为，每个生活都充满梦想，这些梦想不会变成无所谓的东西。他进一步强调，希望不仅是普遍的现象，而且必须变成“积极的希望”，变成一种“希望的方法”，它不是盲目的乐观，虽然确实可能变成幻想，但也必然指向某个目标，这个目标可以提醒人们去辨认和防止希望的蜕化。为此，人们必须学习，学习对社会与经济的分析，也学习哲学，因为哲学总括和反思一切。

许多联邦德国的保守派和自由派人士都猜想，布洛赫会变成一个彻底的反共主义者，但布洛赫并没有放弃对马克思主义和民主社会主义的信仰。事实上，他的到来极大地改变了图宾根这座德国西南部小城的保守氛围。当时，这里尚且住着1933年便加入纳粹党的黑格尔专家西奥多·黑林（Theodor Haering）和“领袖”的忠实追随者、罗曼语文学家库尔特·魏茨（Kurt Wais），这些前纳粹分子在一段时间被禁止授课后又重新获得了教职。早在聘请布洛赫作为哲学系的客座教授时，系内几乎占半数的保守学者便表示了强烈反对。学生中也存在许多有纳粹思想倾向的团体，一般市民则毫不关心一位马克思主义者的到来。但布洛赫很快赢得了越来越多的学生和朋友。苏尔坎普出版的《布洛赫全集》与单行本迅速流行开来，老城里有名的加斯特尔（Gastl）书店将他的著作一直摆在橱窗最显眼的位置。

这位有着不懈希望和坚定政治理念的哲学家更加明确地在20世纪60年代的学生运动中表明了自己的立场。正是在被柏林墙包围的西柏林，1953年苏联镇压东柏林公民起义和1961年柏林墙修建中先后让33万和20.7万民主德国民众逃至此处，在60年代却成为左翼学生运动的大本营。学生们反对残留在政府内的纳粹分子，反对家庭和教育领域的权威主义，反对美国主导下的麦卡锡主义，反对服兵役，反对“越战”，要求更大程度的社会民主和公正。这些呼声迅速扩散到整个联邦德国，布洛赫则亲自参加了法兰克福的学生抗议。更重要的是他在 1968 年与学生运动领袖鲁迪·杜切克见面，这位 83 岁高龄的老人与 28 岁的大学生结成了忘年交。他们除了怀着同样的激情和希望之外，也有着相似的经历：民主德国出生的杜切克也是在柏林墙修建前逃到了西柏林。

尽管杜切克很快被右翼分子刺杀致重伤，尽管“68 学运”很快进入低谷，而极左派则走上恐怖主义道路，布洛赫的希望依旧炽烈。他以耄耋之年继续开课，1975 年 90 岁寿辰时，还收到来自世界各地的祝贺与荣誉。在图宾根大学的庆祝仪式上，感谢致辞结束后，他高举起握紧的左拳。两年后，布洛赫去世，学生们乘夜将教学主楼入口门楣上的“Eberhard Karls Universität Tübingen”涂改为“Ernst Bloch Universität Tübingen”。虽然涂改很快被恢复，但这一命名与那只握紧的左拳一同成为图宾根大学学生运动大旗上的标志。

布洛赫等不到柏林墙倒塌的那一天。他去世前接待的最后一位朋友，同样从民主德国逃离的作曲家沃尔夫·比尔曼（Wolf Biermann）在献给他一首“布洛赫之曲”时反而说了这么一句话：“我避开了大雨却到了污水里。”这位作曲家离开了民主德国，却不是为了在联邦德国寻找一个更美丽的家园。这大概会让布洛赫回想起 90 岁生日时收到昔日同事——一直身陷囹圄的哈里希发来的贺电，在电文里哈里希没有掩饰对布洛赫的指责，指责他离开民主德国是对他们共同信仰和理想的背弃。

1989 年，民主德国已走到覆灭的边缘。这一年约有 35 万民主德国公民翻越柏林墙，是历次逃亡潮中最大的一次。逃亡的一个原因自然是联邦德国富裕的生活水平对民主德国人的吸引，但同样出身民主德国的现任德国总理默克尔也说过这么一句话："让人厌恶的不是民主德国的生活，而是民主德国的体制。"这种厌恶指向一切不合理的事物，当民主德国人冒死翻越了柏林墙，却发现期望中的公平与正义仍旧缺失时，同样会发出不平与抗议，这些声音一直延续到两德统一二十年之后。人们有理由一再歌颂柏林墙的拆毁，谴责民主德国的专制，但往往在意识形态的对比下忽视联邦德国也走过漫长的民主发展道路。布洛赫这样的知识分子不会选择效忠于某个有着具体领土疆域的国家，而是凭借自己的信仰和理念追求希望中的家园，当他来到联邦德国，便将它们传播给新的一代。"68 一代"很快成为西欧各国的中坚力量，学运转变成环保、反核、女权、同性恋权益等各种形式的新社会运动，正是这些社会运动塑造了今日欧盟的面貌。

当德国总统霍斯特·克勒（Horst Köhler）在2009年11月1日的纪念活动上呼吁建立一个将俄罗斯也包括进来的欧盟时，显然提出了一个不切实际的希望。今天的德国，不仅俄罗斯人觉得难以融入，就是两德人之间也始终心存芥蒂，以至于民主德国人会觉得跟中国人更有共同语言。不过，欧盟今日的景象在法国大革命之前不也只是个乌托邦式的幻想？幻想却转换成真实的希望。没有这样的希望，柏林墙也不会倒塌。

太平洋战争时期的京都学派

斯皮尔伯格执导的《兄弟连》（*Band of Brothers*）的姊妹篇《太平洋战争》（*The Pacific*）热播。无巧不成书，当时去一德国友人家中做客，物理学出身，却对哲学、神学颇有钻研的男主人在餐桌上大谈日本京都学派哲学，将西田几多郎的场所逻辑、西谷启治的共时性概念信手拈来，娓娓而谈。早知京都学派是日本近代哲学大宗（日本东洋史研究领域也有以“京都学派”闻名者，此处所说京都学派专指西田几多郎、田边元、西谷启治开创的哲学学派），早在20世纪初，他们对康德、黑格尔、海德格尔等德国哲学家的研究水平就不输今日中国哲学界，其更大的成就则是融贯东西的哲学思考，在战后西方学术界引起广泛对话。但对于京都学派具体有何思想却一直无暇深究，如今有此机缘，就想去校图书馆找几本书一阅。谁知翻译成德文的京都学派著作和德国学者所做综述性介绍大多被借出，却发现两本讨论京都学派政治哲学的英文著作：一是英国学者克里斯托弗·S. 戈托－琼斯（Christopher S. Goto-Jones）的《日本的政治哲学：西田几多郎、京都学派与共荣》（*Political Philosophy in Japan: Nishida, the Kyoto School and co-prosperity*），一是美国专栏作家戴维·威廉斯（David Williams）的《捍卫日本的太平洋战争：京都学派哲学家与后白种权力》（*Defending Japan's Pacific War*）。翻罢这两本单是标题就有些挑动中国人神经的著作，倒发现一段闻所未闻的太平洋战争时期的日本思想史插曲。

这段日本战时思想史可从日军空袭珍珠港、太平洋战争爆发两周前讲起。1941 年 11 月 26 日，高坂正显、高山岩男、铃木成高和西谷启治四位京都学派成员和所谓日本浪漫派的艺术家及若干其他学者参加了当时日本《读书》杂志的中央公论社举办的圆桌座谈，会议名为“世界史的立场与日本”。这个名称蕴含着京都学派吸收德国历史学家利奥波德·冯·兰克（Leopold von Ranke）的历史主义学派思想发展出的一套世界史的哲学。且不论这套历史哲学体系，单是将世界史与日本对立就已彰显出大日本帝国崛起时期日本思想家们自信满满的心态。在中央公论社座谈会上高谈阔论的与会者除了京都学派的哲学家，还有诗人、音乐家、电影工作者、文艺批评家以及历史学家，倒也与高呼“大国视野”的思想中年、文艺中年们的职业成分相类。哲学与艺术显然更适合在面对历史洪流的时刻提供统观全局、激扬斗志的意识形态强心针，它们往往不由分说地将所有人都纳入以国家、民族为名义进行的集体行动，并相信真的存在他们那套宏大叙事中以国家、民族为主词的历史进程。

这些身具浪漫气质的人文学者与国家权力的主动合谋，跟关心务实的国家治理、社会组织的法学、经济学学者在日本军国主义崛起过程中的遭遇恰成对比。早在1932年“五一五事变”后，日本军部势力不断做大，文官政府式微，法律和经济专家就开始丧失在政界的影响力。1932年10月日本宪政学家美浓部达吉的著作和主张被当局禁止。美浓部达吉是1912—1926年大正民主时代声誉卓著的宪政学家，他所主张之“天皇机关论”对以“立宪政友会”为首的政党政治家们颇有影响，其在1912年发表的著作《宪法讲话》几乎被所有日本大学采纳为标准法学教材。但时至昭和年代，脆弱的大正政党民主制逐渐瓦解，美浓部达吉也被主张“天皇主权论”的右翼教授以“不敬”之名抨击，为当局压制。三年多之后的“二二六事变”中，残存的文官政府再次遭到右翼军人清洗，这次死在暗杀者手中的包括大藏大臣（财政部长)、银行家和经济专家高桥是清。

哲学与艺术自然并非本质上热衷于为国家崛起、民族扩张提供理论背书，它首先取决于从事哲学与艺术工作的人。就在美浓部达吉事件后，京都学派宗师西田几多郎在日记中写道："我对美浓部达吉感到难过——未来会变成这个样子，我们将无法研究公法，特别是，我们将无法研究真正的民族历史。"尽管一直被同事和学生批评缺乏对现实政治的关怀，西田几多郎对时局的感受无疑是准确的。这一感受与他早年的政治倾向有关。《日本的政治哲学》一书的作者戈托－琼斯提到，西田在中学时即对当时的立宪运动抱有热情，阅读了民主思想家福泽谕吉的著作，1889年《明治宪法》颁布时还与一干同学拍照留念。可惜后来作为维新元老的萨摩－长州藩阀同盟阻碍了日本走上健全的宪政国家道路。1890年开始在所有学校重要活动上宣读的《天皇教育敕令》将对天皇、国家的忠诚等保守的儒家价值观设立为学生伦理准则，西田对此非常反感，与同学一起退学以示抗议。此后入读京都帝国大学的西田越来越远离政治，潜心修炼禅宗，钻研西学，对费希特、黑格尔乃至当时德国影响力最大的现象学均有相当的了解。1911年他出版《善的研究》，开始构建以后来提出的"绝对无"概念为核心的哲学体系。1913年西田担任京都大学宗教学讲座教授，转而升任哲学史第一讲席教授，与同事田边元、学生西谷启治思想上相互激荡，渐成学派之势。然而时局的变化使西田无法继续置身政局之外，当军国主义建立起专制政权时，作为哲学界泰斗，他已不可能摆脱现实的干扰。

美浓部达吉事件后不久，教育部设立教育与学术复兴委员会，西田与同事田边元、和辻哲郎被要求参加。他和这个委员会的教育改革思想完全对立，对此只能消极应付。1936 年的“二二六事变”让西田明确意识到军国主义将把日本引向灾难。但次年他在贵族学习院任教时的几位学生近卫文麿、木户幸一和木村毅擢升为政要后，西田不得不在后者的邀请下进一步卷入政治漩涡。这一年，日本全面侵华战争开始，西田和他的这几位学生尚且还对军方主导的扩张政策持批评态度，西田发表演讲，呼吁尊重世界上诸民族的多样性。在给木村毅的信中他写道：“我想我们必须思考处于世界中的日本，不仅仅是日本的日本，否则像‘大亚细亚主义’之类的东西将毫无意义……”1940 年时任首相的近卫文麿提出“大东亚共荣圈”的主张，从中可以看到西田思想的影响。木村毅甚至安排老师与海军将领高木惣吉会见，希望他能影响军方开明派。但西田对于介入政治仍保持谨慎的态度，他小心地与当局的极端民族主义说辞保持距离，发表数篇文章试图批判地评论日本帝国主义和极端民族主义的重要文献《国体本义》。这些努力却又不见任何效果，尽管他拥有给天皇做新年演讲的殊荣。

相反，他的京都学派同仁纷纷投身政界。和辻哲郎积极参加教育与学术复兴委员会的活动，参与撰写了臭名昭著的《国体本义》。三木清成为近卫文麿发起的新秩序运动的智囊。尤其是京都学派的另一位奠基者田边元在教育与学术复兴委员会有着举足轻重的地位，他还鼓励学生献身帝国战争，发表了一系列军国主义的宣传文章，为日本的军事扩张政策提供了一套黑格尔式的哲学说辞。1940 年西田私下对一位学生说："田边这家伙完全是个法西斯！"

田边元于 20 世纪 20 年代初在西田的支持下留学德国，师从当时的哲学新星海德格尔，在日本发表了最早介绍海德格尔思想的文章。1924 年在归国的船上田边研读了康德的《判断力批判》，为他后来发展出的一套历史目的论打下伏笔。思想日趋成熟后，在发展西田几多郎绝对无概念的同时也开始批评自己的这位师友。与许多同道一样，田边认为西田看重的纯粹经验仅仅是一种稍纵即逝的静止状态，缺乏辩证的发展，他过于忽视真实世界，忽视民族、国家的重要性，由此田边发展出种族的逻辑理论作为对西田场所逻辑的超越。1942 年 9 月 29 日田边元在京都海军学校的秘密会议上发表了题为《论共荣圈之逻辑》的演讲，《捍卫日本的太平洋战争》的作者戴维·威廉斯特意将其译成英文。田边在演讲中用非常纯粹的哲学语言论述了从家庭、国家到种族共荣圈的辩证发展。家庭、国家在他看来都不是静态的稳定结构，它们虽然具有纵向的权力等级秩序，但在横向上却面临变动，家庭必然经过通婚接受其他家庭的女性成员，国家则始终经受保守与改革的角力，改革与保守又造成不同国家之间先进与后进的横向差异。差异造成冲突，冲突又必然寻求和解。田边以为不同国家之间的冲突将通过种族共荣圈消解，而共荣圈的建立必然且必须依赖一个纵向上的地区霸权，最终实现横向上的国与国之间的平等与整合。无疑，日本是建立"大东亚共荣圈"无可推卸的担纲者。

在中央公论社举办的座谈则是第二代京都学派哲学家们试图对日本的现代化进程、世界史地位及政治目标做出总陈述的一次集体努力。其中的西谷启治是第二代中的佼佼者，他虽是西田的学生，但也被视为京都学派的创建者之一，1937—1939 年同样受到西田支持前往德国求学，也同样师从海德格尔。他在弗莱堡参加了海氏举办的战时尼采研讨班，这是海氏一生举办的无数研讨班中最重要的之一。海德格尔在课堂上关于欧洲虚无主义和超克西方形而上学的讲法给西谷留下很深印象，直接促使他后来提出超克西方现代性之说。这个观点在中央公论社座谈上得到集中体现，两本英文著作的作者因此均将其称为日后超克现代思潮之发轫。西谷与其他三位同侪主张以所谓世界史的眼光看待日本获得的民族主体地位：日本绝不仅仅是与西方列强有平等地位的民族国家之一，而且是世界史从地中海阶段、大西洋阶段发展至太平洋阶段的主角；这三个阶段不是简单更替，而是对之前阶段在更高程度进行的辩证统一；日本虽然接受了西方的现代文明，但西方的现代化本身蕴藏危机；西方现代化的三大历史进程是宗教改革、文艺复兴和启蒙运动，宗教改革将人的救赎完全交给上帝的恩典，文艺复兴则高扬人本主义价值，启蒙运动又强调人对自然法则的理性认识，三者分别偏重于神、人和自然的立场，充满内在紧张和矛盾；日本能依托西田几多郎以“绝对无”概念指称的文化精髓，置自身于主体的无或者以无为主体的立场，达至天、地、人三才的统一，解决科学与信仰、帝国主义与人本主义，以及个人主义、国家主义与世界主义之间的种种矛盾，完成对现代的超克。

到 1942 年 11 月，中央公论社又相继举办了多场讨论，其中两场分别以“大东亚共荣圈的伦理性与历史性”和“总力战的哲学”为题的会谈成果于 1943 年与“世界史的立场与日本”的成果一起结集出版。京都学派哲学家此时试图为日本侵华战争和太平洋战争进行理论辩护。尽管他们出于大亚细亚主义的立场意识到难以为日本侵华找到合理解释，却又强调这场战争具有两面性：一方面，日本继承了欧美帝国主义的残余；另一方面，如果日本果真承担起世界史的角色，这场战争就具有了道德含义，是日本对亚洲国家的解放战争，太平洋战争更是东洋道德与西洋道德的直接对决。在日军已于中途岛海战失利的情况下，哲学家仍旧徒劳地用自己丰富的学养为战争做出种种理论美化。铃木成高直接断言："市民的、资本主义的秩序所构造的国家正在崩溃中，现代的世界观也在崩溃中。……总力战进行于现代陷于穷途末路之时。换言之，总力战即是现代的超克。"高山岩男甚至能将佛家思想与战争捆绑，他声称东洋道德就在于超乎善恶相对的大乘立场，而非持善恶相对的小乘立场。西谷启治则一方面以"脱落自我""减私奉公"的伦理观鼓吹战时动员，一方面幻想日本也应否定自身私利，考虑别国立场，向世界大同提升。

从近卫文麿受西田等知识精英的大亚细亚主义影响提出"大东亚共荣圈"的美丽说辞，到田边、西谷们主动建构共荣圈理论，为战争辩护，京都学派哲学家在急于成为黑格尔一样的时代精神代言者之路上越走越远。到了1943年，西田也更深地涉足政治活动。与此前一直与较为开明的海军高官保持联系不同，这一年他受到陆军邀请参加国家政策研究中心会议。怀着有可能影响东条英机政府的心态，他在会上提交了《新世界秩序原理》一文，但文章很快被以难以理解为由退回。西田将文章交给田边，请他加以简化改写。田边改写后的文章被转交给东条英机及陆军和海军总长。西田仍旧担心改写后的文章是否能向这些权力执掌者准确地传达他关于日本精神不是囿于国粹，而是具有环球视野的理念。不过无论掌权者们是否理解了他的思想，东条英机于是年 11 月大东亚会议上的发言很快让他彻底失望。《新世界秩序原理》一文却让西田在战后背上与日本极端民族主义同流合污的罪名，尽管他已于 1945 年战争结束前去世。

戈托－琼斯在他的著作中将西田视为日本战时一个不成功的政治异见者，极力将他与他的京都学派同仁们拉开距离，试图重新发现其政治哲学在日本思想史上的意义。常年生活在日本、尖锐批判美国霸权地位的戴维·威廉斯更进一步，将田边元和整个京都学派的战时政治哲学视为反抗仍由美国主导的白人文化霸权的思想资源，因此处处为京都学派开脱，强调若干京都学派学者从 1942 年 2 月到 1945 年 7 月一直与反东条英机的海军将领会面，甚至可能策划了刺杀东条的计划。在这样的思路下，这位作者自然也质疑了美国主导的太平洋战争书写史上中国完全无辜的受侵略形象。

然而无论是西田这位失败的政治异议分子，还是可能也怀有一个“和平崛起”的日本之梦的田边与其他京都学派成员，不管他们从理论上构建出多么完美的国家与世界图景，在政治强权和武装暴力面前他们毫无力量可言。西田本人虽然德高望重，从1944年起也因为“过于西化”的言论受到日本教育部思想审查机关的监视。日本战前最重要的马克思主义者户坂润和三木清这两位曾经的京都学派成员也分别在战争结束前后惨死狱中。京都学派哲学家们更无法无视的是军部专制在日本国内及国外犯下的种种罪行。

尽管知识分子成为权力陪葬的悲剧如此之多地上演，读书人却总是不厌其烦地重蹈覆辙。他们那些貌似高瞻远瞩、引领时代的宏论，也不过是重复前人陈旧的逻辑。看看那些读过卡尔·施米特的“陆地与海洋论”便以为把握住了时代脉搏，乃至吊着书袋向军方将领上书的青年学俊，跟试图影响大日本帝国海军的京都学派成员何其相似。看看那些一味复古，把主权在君拣出来说道一番，进而拥护国家威权的新“新儒家”，与鼓吹天皇主权说，却被实权政客当作棋子的皇道派又何止几分形肖，甚至所谓华夏独具、迥异于西方霸道、践行王道的天下视野又哪里比京都学派的“大东亚共荣圈”理论看起来更美？更不用说那位曾主掌国内《中央公论》，以中国历史文化特殊性批判西方民族国家发展道路，寻求中国对西方之超克的知名学者，也曾援引另一家东洋史京都学派的类似思想，且不知他是否像那些世界史哲学家一样清楚地意识到所谓超克必须以战争为手段。诚然，思想家总是为自己准备了好几处洞穴，以便躲避来自不同方向的攻击。当他们曾经为之欢呼的历史潮流涌向未曾预料之处时，会立刻使用理论的圆滑将自己与之划清界限，海德格尔便在战后申冤说自己的尼采研讨班是对纳粹的严肃批判。可无论如何，他们都逃不脱对权力之恶的主动漠视以及成为权力之恶的被动帮凶的指控。

跟着尼采学撒谎

一

20 世纪 80 年代中国文化界有过一场尼采热，当时尼采成为追求个性解放、欲图冲决罗网的一代青年的偶像。时过境迁，今日高居讲坛者宣扬的尼采却不再是一个激进的、破坏的、求新的、将人生作为艺术品来塑造的悲剧诗人，不再是拿着锤子重估一切价值的哲学狂人，摇身一变，他反成了古典文化的捍卫者和训导家。如今，人们不再谈论尼采的疯癫，而说道起尼采源自古典德性的高贵。

这一转变的肇始可以追溯到 2000 年左右青年导师刘小枫先生的一轮巡回演讲《尼采的微言大义》。在几场相继在多所著名大学举行的演讲中，刘先生提到尼采具有一种彻底的虚无主义精神，认为人生存于根本的虚无与混乱之上。在《悲剧的诞生》中，尼采借狄俄尼索斯的伴侣西伦之口清楚地表达了这一点：对人而言，“最好的是不要出生，不要存在，成为虚无，次好的是——立刻死去”。但面对虚无，尼采仍旧鼓吹创造的超人，故而他的虚无主义乃是高贵的、强者的虚无主义。尼采以哲人的痛彻明知创造的无意义却仍做如此呼喊，这是一种高贵的谎言。刘先生纵论至此话锋一转，声称尼采高贵的谎言并不仅表现在面对虚无主义的态度上，更在哲人与人民的关系上：哲人知道人天生禀赋有别，大众不会追求真理，所以要用浑话、胡话、神话来让大众清楚人高低有别却又安分守己；古代的哲人和宗教圣人都用这样一套高贵的谎言让民众相信自然自有其等级秩序，相反，现代知识分子却颠覆了自然秩序，投民众之所好，贩卖自由、平等、民主之类的启蒙话语，这些统统是颓废的谎言。据此，刘先生宣称，尼采的超人哲学表面上宣扬自由创造与生命意志，是将启蒙理性推到极端，其实是一副启蒙的面具，谁相信尼采这套谎话谁就中了他的毒药。

刘先生引用尼采的话讥讽那些操着各类现代性话语的知识人如同市场上叫卖的小贩，可他自己实在像极了一位携新专辑搞巡回演唱的偶像歌星。时隔四年，他又发起另一场关于柏拉图的巡回演讲，顺带捎上了不久前出版的译作《柏拉图的〈会饮〉》。从现代的尼采到古代的柏拉图，刘先生来了一个180度大转弯，但这个转弯又理所当然，因为他正式将尼采划入从柏拉图到马基雅维利等一干从事隐微书写的哲人谱系中。据说，这些哲人都在说高贵的谎言，而谎言中包含着相同的真理，谎言说给大众，真理则只说给那些稀罕的耳朵，他们秉性高贵，属于柏拉图所说的金银属性之人。不过要真正一窥真理之堂奥，就得按着刘先生传授的这一西方精神史的隐微脉络钻研西方古典传统。事实上，只有高贵之人才能沉潜得进浩瀚古卷，也只有拥有古典教养之人才是真正的高贵之人。面对无数慕名而来的青年学生，先生大手一挥：读古书吧！好像偶像歌星带来新的流行一样，此后他与甘阳引领的古典政治哲学掀起热潮，成为一时显学。此后数年，所谓的古典教养又被定位为古典语文学，几所高校相继成立相关教育机构，继而呼吁将古典学设立为大学一级学科，统摄中国与西方的古典思想研究。

尼采这个没有拿到博士学位就成为古典学教授的天纵之才自然而然成为这套古典教诲的最佳代言人之一。刘先生不时援引尼采，告诉人们阅读古代著作不能把他们当成故纸堆中的死材料，而是要复活古典德性。先生的徒子徒孙也齐声响应。有人声称尼采和他所痛批的柏拉图是一样的古典政治哲人。有人说《悲剧的诞生》根本与人生美学无关，它当时作为一部古典语文学著作诞生，本就是要向人们传授古典文教的真知。一本接一本讨论尼采与古典传统关系的论文集也被编辑出版。如此种种，不一而足。至此，尼采的面容发生了彻底转变，或者按先生及其弟子们的说法，这，才是他的真实面孔，从鲁迅到80年代的知识青年不过是上了当的傻瓜。

二

这套借助尼采宣扬的古典文教究竟是什么样子呢？青年们学习古典德性到底要成为怎样一个高贵之人呢？搞古典语文学是要做一个文质彬彬、信而好古、以古典文本为纯粹兴趣的雅士吗？既然尼采是导师们的一块招牌，那至少也可以通过勘察尼采本人的思想来一探就里。仍旧以《悲剧的诞生》为例，它确实是尼采任巴塞尔大学古典语文学教授时写就，并且首先以古典语文学研究者为读者对象。但此书出版之后完全不被古典学界接受，反受到严厉批评，最猛烈也最著名的攻击来自小尼采四岁，日后成为古典学一代宗师的维拉莫维茨（Ulrich von Wilamowitz-Moellendorff）。在《悲剧的诞生》问世后不久，维拉莫维茨出版了一册名为《未来的古典学》的书评，在书评中他严重质疑尼采的专业水准，旁征博引地证明尼采不懂荷马，误读欧里庇得斯，乃至对古希腊悲剧根本一窍不通，指责尼采不是作为学术研究者，而是像个做白日梦的教授一样去处理古希腊文学史上的重要问题，最后，他要求尼采辞去古典学教职。许多年后尼采声名鹊起，维拉莫维茨回忆往事，并不后悔当初的言辞，又做了一段广为引用的评语："他确实如我所要求的那样放弃了教职和学术，变成一名先知，为了一种非宗教的宗教和非哲学的哲学。"——在古典学宗师眼中，尼采作为一个古典学家便是如此。

既然尼采不入西方古典语文学正宗，所谓古典文教到底是怎么回事？导师们早就清楚这一点，所以从没把维拉莫维茨的评价放在眼里，在他们看来，维氏不过一个专业学究，完全不懂天才对古希腊精神的活学活用。虽然维氏是引介西方古典学无法绕过的重镇，但显然不受重视，看看他被译成中文的名著《古典学的历史》（*Geschichte der Philologie*）如何惨不忍睹即知。此书虽然同样列入刘小枫先生主持的译丛，却早有识家指出翻译错漏百出。大大小小的导师们毫无忌讳地扯起古典语文学的大旗，可他们从未正视西方数百年的古典学研究正统，他们口中的古典学也和严谨的学术研究无关。在某次建设中国古典西学研究的会议上，刘先生已经明说：要建立具有中国特色的古典学研究，而且，这是中国崛起的配套设施。于是大家知道，从古典政治哲学到所谓古典语文学，自始至终都跟政治有关，古典文教说到底是政治教育。

让人不解的是，埋首故纸堆与政治有何关系，又如何能增强国力。还是回到《悲剧的诞生》。意大利当代学者多米尼克·洛苏尔多（Domenico Losurdo）倒确实在这本书中看到了与时代政治的牵连。他的《尼采：精英的反叛——一部思想传记与批判性回顾》（*Nietzsche, der Aristokratische Rebell*）开篇即重论此书。他看到，在尼采对古希腊悲剧的解释中蕴含着对19世纪末政治现状的反思。《悲剧的诞生》在论述了古希腊悲剧源于酒神精神和梦神精神的结合之后，将苏格拉底哲学摆在了悲剧的对立面，尼采将其界定为歌剧文化，它抒情咏叹、田园牧歌，一副乐天派。亚历山大时期希腊文化的明亮风格源于它，基督教教堂音乐中的天堂胜景源于它，近代歌剧的甜蜜幻象源于它，最终，社会主义运动也和它一脉相承，因为所有这些都指向一个乐土的远景、大地上的幸福。这些都与悲剧精神背离，悲剧精神表现的是存在的原始、混乱、残暴，以及直面人生苦难，从不幻想将其摆脱的强韧的悲观主义，只有在此基础上，古希腊才成长出如此茁壮强劲的文化。洛苏尔多强调，尼采的这种审美判断与他的政治认识紧密结合，在《悲剧的诞生》出版同年所做的演讲《关于我们教育机构的未来》中，尼采说："古希腊文化建立在少数阶层针对四五倍多的非自由人的统治关系之上。"

面对当时尚存的奴隶制，尼采也表达了他的态度。19世纪是自由、民主和人权等观念广为传播的时代，1848年革命、巴黎公社此起彼伏，尼采称这些为新的奴隶造反，是毁灭文化的可怕威胁。尼采求学时期举世关注的另一件事是美国南北战争，当时奴隶制与古典文化的关系是西方学界的公开话题。1848年法国学者亨利·瓦龙（Henri Wallon）出版了《古代奴隶制史》（*Histoire De L'esclavage Dans L'antiquité*），在前言中他提到法国殖民地那些反对废除奴隶制的游击队员将古代作为自己立场的支撑，而此书再版时尼采正在巴塞尔大学教授古典语文学。在美国南部，希腊文与拉丁文经典也一直是当地大学教育的核心。奴隶制最著名的理论家约翰·C. 卡尔霍恩（John C. Calhoun）则说过这样的话："如果他找到一个懂得希腊文法的黑人，他才会承认，黑人是人，并且必须作为人来对待。"而尼采学术研究的第一个对象——古希腊诗人忒奥格尼斯（Theognis）蔑视奴隶的诗句常常被他引用，尤其是"奴隶生不出自由的儿子"和"坏胚生不出好种"。围绕忒奥格尼斯的古代奴隶主精英制研究也恰好贯穿整个南北战争时期，后来他在解释忒奥格尼斯的诗歌时还将古希腊文“kakos”（坏）一词同时翻译为拉丁文的“malus”（坏）和“niger”（黑色）。尼采对南北战争的态度更明确地表现在他1863年3月所做的关于北美德裔移民教会状况的演讲上，在那里他对1848年革命失败后流亡北美，彼时正通过纸笔为废除奴隶制鼓与吹的德国民主派大加嘲讽。

刘先生对尼采的解释始终强调他对现代性的批判，强调天性的等级差别，他虽不至于公开鼓吹某种新的社会等级制，但想必和尼采一样对奴隶制心有戚戚。而且他和大大小小的导师们树立起一个判定天性高低的滑稽准则：跟着我们一起读古典，你将具备高贵的德性，成为国家的精英，否则就是愚顽之辈。他们哀叹在人人平等的现代社会，高贵与低贱的差别被抹平，高贵者没有得到应有的承认。如果说在西方历史上只有贵族才享受古典教育，他们希望这个等式翻转过来也能成立。在导师们巨大的号召力下，志存高远、不甘平庸的知识青年们蜂拥而至，在得到别人的承认之前，他们首先要通过集结成一个共同站在古典教养旗号下的群体来确认自身的高贵与不凡。

但高贵的地位显然是没法通过自我确认获得的，导师们必须进一步传授飞黄腾达的法门，那就是献身于国家的崛起、民族的复兴，因为据导师们说，研究经典著作能够“于古今沿革，中外得失，皆了然于胸中”，由此成为国家崛起、文化复兴时代的栋梁之材，为中国争取世界文明的话语权。尼采的思想也恰恰激励了无数德国知识青年走上类似道路。熟悉他的人都知道这段思想史上的公案：尼采之妹伊丽莎白将其遗稿肆意删削篡改，编为一部《权力意志》（*der Wille zur Macht*），为希特勒大加推崇。战后无数思想家和学者都试图将尼采从这个历史泥潭中拯救出来，《权力意志》通过考证被判定为伪书，德勒兹、福柯、巴塔耶等后现代思想家和《尼采批判研究版全集》主编乔吉奥·科利（Giorgio Colli）、马志诺·蒙梯纳里（Mazzino Montinari）等资深学者则将他与纳粹意识形态相近的言论称为“无辜的隐喻”。那位意大利学者却不同意，他重读伊丽莎白编辑的《权力意志》，将之与尼采原稿对比后，发现其计谋不是将乃兄种族主义化，反而是将许多太过刺激、残忍的反犹言论净化，以呈现一个“好欧洲人”的形象。他还检阅希特勒与纳粹理论家罗森贝格的日记和讲话，寻找对尼采的引用以及和尼采相似的言论，发现他们接受了尼采对虚无主义的批判，将虚无主义视为奴隶反抗贵族文化、追求自由的暴动，尤其认为保罗奠定的所谓犹太化贱民基督教是虚无主义灾难的真正开端。这与尼采著名的论断“基督教、法国大革命与社会主义是奴隶起义的三个阶段”正相应和。尼采自然不可与纳粹等同，但相比于纳粹视不同民族高低有别的“横向种族主义”，洛苏尔多称其思想为一种“纵向种族主义”，即认为不同社会阶层之间高低有别。他虽然略表人道地说古代奴隶的生活远远好过现代产业工人的悲惨境遇，但最终目的是要靠奴隶制将贵族从繁重的劳作中解脱出来，好让他们投身文化创造。

除了纳粹对尼采的直接接受，20 世纪 30 年代许许多多的知识分子都深受其影响，卡尔·洛维特在他的回忆录《纳粹上台前后我的生活回忆》（*Mein Leben in Deutschland vor und nach 1933*）中记述了当时的精神氛围。一方面知识分子们在斯宾格勒的《西方的没落》（*Der Untergang des Abendlandes*）一书带来的巨大震动下惊叹尼采对于欧洲文化衰落的先知，另一方面当纳粹运动到来时他们又欢呼魏玛民国时期自由主义的颓废时光将一去不返，欢呼德意志高贵文化的重建指日可待。在尼采“上帝已死”的断言之后，有人相信对德意志不可分析、简单朴素的信仰将替代基督教宣告新的弥赛亚，这将成为对虚无主义的真正克服。

三

纵观刘小枫先生从十年前的尼采讲座到今日推动中国古典学研究带来的思想界潮流变迁，隐隐与尼采思想接受史的运动轨迹相合。他不时念叨高贵谎言、微言大义，显得自己深得其中三昧。十年前他在讲座中还声称哲人不操心人民、国家和民族，只关心自己善好的生活，今日的古典教育却据说成为人民强大、国家崛起、民族复兴不可或缺的要务。他一边说尼采是个绝对的虚无主义者，面对生存的虚无、混乱和黑暗奋身于文化创造不过是高贵的谎言，一边又教导青年崇拜者们从古代典籍中去寻觅效力于国家民族的道术，仿佛如此就能确立自己的高贵。不禁让人觉得矛盾重重。

纳粹时期尼采思想的效果史事实上已经解释了这一矛盾。当从 18 世纪以来就以希腊精神传人自居的德国知识分子认为纳粹运动是要建立古希腊那样辉煌的文化时，洞悉尼采思想，后来著有《尼采的相同者之永恒轮回哲学》的洛维特却在上述回忆录中说，纳粹其实是小中产市民的运动，是一个普罗化的中产阶级的暴动，所以根本不是中产市民时代的终结，而是中产市民阶层的庸俗化，其实现的手段为一种民粹的独裁。自以为是对虚无、平庸、颓废的现代市民社会之克服的纳粹运动，不过是在延续同样的虚无主义逻辑，海德格尔在战后同样说纳粹是虚无主义的政治形式。按照尼采的解释框架，纳粹不过是狂妄地要将国家、民族作为一件最大的艺术品来加以塑造，当天上地下其他一切意义都烟消云散之后，国家、民族成为唯一真实的意义或者说所谓高贵的价值凝聚体，但在一切都是虚无的前提下，这不过是最大的谎言。这个谎言也不是说给什么稀罕的耳朵听，反倒让狂热的市民阶层和自命不凡的知识分子热血沸腾。尼采不会说这么蹩脚的谎言，纳粹拙劣地模仿了他，并很快破产。如今刘先生和一干导师们还学着尼采撒谎，岂不更等而下之？自以为将苦涩的真理独吞，说出的是高贵的谎言，但那真理不过是认定彻底的虚无，在虚无之上，唯有借谎言惶惶终日。

第四辑

民族与世界

被憎恨的国度：关于两德统一的历史性反思

公元 1 世纪的罗马史学家塔西佗在他的《历史》（*Historiae*）中声称，“日耳曼尼亚”是北邻大海、南至多瑙河、西接莱茵河、东临维斯瓦河的广大土地，日耳曼人则是自“不可考的年代”起生活在这片土地上的一群血统纯正的人。与后来德国的种族主义者相似，古代日耳曼人以血统纯正而自豪，一个例证便是“日耳曼”一词在西文中具有“拥有同一祖先”“发散自同一根系”“关系密切”等含义。近代民族国家兴起后，许多国家都以“日耳曼”（Germany）称呼德国，日耳曼人自然就是指德国人，但对于以“德意志”（Deutschland）称呼自己国家的近代德国人来说，“什么是日耳曼人”或者说“德国在哪里”，始终是需要回答的问题。1848 年在法兰克福召开的全德意志国民议会就是以完成这一任务为口号而召集起来的，其后俾斯麦通过三次战争实现了德国统一，但这一任务并未就此完成。统一后的德国并不包括奥地利，日耳曼人还作为少数民族生活在其他许多国家。宣扬“大德意志”的民族主义者和种族主义者具有越来越强的感召力，以至于1890年成立的“泛德意志同盟”也会吸引马克斯·韦伯这样政治成熟的知识分子。包括韦伯在内的许多知识分子纷纷鼓吹“帝国的扩张”，“一战”由此爆发。这样的环境最终催生出希特勒，酿造出对犹太人的大屠杀。

所以，一个当代德国人会说，“德国人是谁”这个问题不能问，一旦问了就会带来血与火。他甚至会说，德国不能被爱，只能被恨。当联邦德国建立时，总统西奥多·豪伊斯（Theodor Heuss）即反对沿用以“德意志高于一切，高于世界上的一切”开头的《德意志之歌》（*Das Deutschlandlied*）作为国歌，后来也有人建议用布莱希特战后写的一首诗来替代。

对于向来以爱国感凝聚在一起的中国人来说，显然难以想象对于自己国家的憎恨。而认为统一具有不言自明的正当性的我们，也会想当然地以为，德国人双手拥抱了1989年的两德统一。加上一直对“冷战”结束、民主德国民众重获自由进行的正面叙述，两德统一的多重历史含义远没有被我们所认识。因此，当我们翻开任教于美国普林斯顿大学政治系的德裔学者扬－维尔纳·米勒（Jan-Werner Müller）的著作《另一个国度——德国知识分子、两德统一及民族认同》（*Another Country: German Intellectuals, Unification and National Identity*），看到战后许多德国知识分子拒绝统一，激进者甚至要求保留柏林墙，一定会倍感惊讶。

一、德国的罪责

拒绝统一的一个重要原因自然是德国人对战争罪责的反省。这种反省在哲学家卡尔·雅斯贝尔斯（Karl Jaspers）战后发表的《罪责问题》（*Die Schuldfrage*）一文中得到最深刻的表达。雅斯贝尔斯认为，德国人沾染了无法去除的道德和形而上学罪责。虽然如历史学家弗里德·里希·迈内克（Friedrich Meinecke）在《德国的浩劫》（*Die deutsche Katastrophe*）中所主张的，德国历史并非一条“独特道路”，浩劫并非仅仅会从德国文化中发展出来，德国人并未因此被贬为贱民，雅斯贝尔斯也同意罪行具有普遍性，在任何时间、任何地点，只要产生一定的社会环境，都可能再次发生，它源于康德所说的“根本恶”，即人人都有作恶的自然倾向，一旦受到某些经验刺激，就会成为现实的恶，尤其当人们身陷群体性的狂热时，罪行极易发生，但这一形而上学的恶体现为德国人亲手犯下的现实的道德罪恶。

罪责成为一桩债务，需要一代代德国人去清偿，但德国人有勇气承担起自身的罪责，也必须防范罪行再次在德国发生，承担罪责首先就要拒绝民族国家。雅斯贝尔斯说："走到头的是德国民族国家的历史，而不是德国人的历史。作为一个伟大的民族，我们能够为自己和这个世界做的一件事就是，让人们意识到，民族国家的理念如今对欧洲和其他大陆意味着灾难。"

雅斯贝尔斯的观点在战后成为相当普遍的共识，许多统一论战中的知识分子都是在这一共识的背景下进行论辩，在他们看来，正如19世纪俾斯麦领导的帝国统一一样，两德统一很可能导致催生威权的民族主义精神复兴，即便统一势在必行，也必须弄清，它的正当性何在。所以，即使两德统一已经过去十年，在米勒教授写作此书的2000年，德国知识界围绕统一问题仍旧是众声喧哗。事实上，质疑统一不仅仅源于对德国"独特道路"的防备，从18世纪以来，德国政界和知识界就一直在围绕国家和民族认同问题进行错综复杂的历史性讨论，如今的论战不过是历史的重演。米勒教授也因此自觉运用日耳曼学术里通行的政治论证研究法——历史化分析，将战后德国知识界关于统一的各类主张与延续两百多年的各个问题传统勾连起来。在这样广阔的历史视野下，我们会看到，德国思想史上一直存在着反思统一、对抗民族国家的知识资源。

二、文化民族 vs. 国家民族

20世纪最重要的德国历史学家迈内克在其初版于1908年的名著《世界主义与民族国家》（*Weltbürgertum und Nationalstaat*）开篇区分了德国思想史上两个重要的范畴：文化民族和国家民族。前者主要基于某种共同的文化经历而凝聚起来，后者则建立在一种普遍的政治历史与法则的统一力量之上。数百年来，德国一直是一个小邦林立的国家，尤其是17世纪的“三十年战争”后，分裂为1789个拥有独立主权的政权。但德国很早就产生了自己独特的文化，尤其在宗教改革之后，形成标准德语，在18世纪更发展出灿烂辉煌的文学、艺术以及哲学。所以一直有德国思想家持有这样的观点：德国是一个文化民族，一个“去中心化的国度”，它无须建立国家即可完成，德国的分裂等于“我们政治生活美丽的多样性”。

上述思想在赫尔德和席勒的著作中处处可见，19世纪初影响巨大的法学家、政治家卡尔·路德维希·冯·哈勒（Karl Ludwig von Haller）也曾提出一种浪漫主义的政治观点，特别表现出了文化民族的存在形态。哈勒推崇封建的小邦制，认为小邦体现了真实、简单的自然秩序，邦国越多越能保留美善和多样性，唯有在小邦中，精神的“教养”才能达到顶峰，因此他痛恨一切大一统的政治目标。这种看法保留在每个普通德国人的文化血液中，每一个德国人都深沉地爱着自己的故乡，对他们而言，对故乡而非对国家的爱更加真实。

虽然德国在后来的历史中抛弃了文化民族，转而谋求国家民族，迈内克的著作亦是条析两个概念的发展史且支持后者，但并不代表文化民族成了过时的论调。统一论战的代表者之一、诺贝尔文学奖获得者君特·格拉斯（Günter Grass）立论的核心便是文化民族这一概念。他回顾历史，认为18世纪的德国知识分子，在政治统一缺失的情况下缔造且保存了一个德国的文化民族，彼时文化的创造力产生的基础是政治方面的孱弱，而随着政治结构的强化，文化构造与其趋同，文化的创造力旋即被湮没。常常被抹黑为德国民族主义思想代表的尼采恰恰也持这一观点，当第二帝国建立时，他在第二篇《不合时宜的沉思》（*Unzeitgemäße Betrachtungen*）中讽刺说，不要认为统一会使德意志文化胜过法兰西文明。因此格拉斯呼吁，用文化民族的共同意识取代政治上的民族意识，主张德国文化民族圈内部的“一体而非统一”，在柏林墙倒塌后还提出两德以邦联制联合的渐进方案。

三、宪法爱国主义

论战的另一位重要人物哈贝马斯的观点则明显带有启蒙运动的理性国家观和世界主义的色彩。他支持统一，但认为新德国的国家和民族认同不应该再聚焦于文化和历史，而应聚焦于以权利和民主程序为基础的爱国主义，他借用了宪法爱国主义这个概念来表达此种爱国精神。宪法爱国主义最早由雅斯贝尔斯的密友施特恩贝格提出，表达的是对法律和公共自由的热爱，不过施特恩贝格更多地关注共同体而忽视个体，哈贝马斯接手这一概念后，发挥了其后一种意义，使其成为一种后民族的国家认同。

公民经由自由平等的政治参与而非被动继承来的民族归属获得自己的公民身份，国家则通过法治保障公民的基本权益，有效促成公民的政治参与，同时保留并维护个人生活世界的多样性。这种主张的基础是系统与生活世界的两分法：

国家的法治作为一个工具理性系统与个人更多由价值理性主导的生活世界相互分离、并行不悖，互不侵夺对方的位置。国家维护了个人的生活世界，也就是捍卫了普世的基本价值，因此个人才认同国家。

纵观整个现代史，就是个人反抗体系性强权、争取个人自由的历史，所以毫不奇怪我们会发现，如此兼具世界主义与个人主义的思路早在18世纪就成为德国思想的主流，不唯康德，施莱格尔兄弟、谢林、洪堡、诺瓦利斯都隶属这一渊源。推崇个体生命之丰富性的浪漫派诗人诺瓦利斯就曾说："个体越有见识，越表现得生机勃勃，国家也就会变得更有生机，更具个性。"对他来说，"德意志特性是同最强大的个性混杂在一起的世界主义"。即便在发表了《对德意志民族的演讲》（*Reden an die deutsche Nation*），认为唤醒了德国民族精神的约翰·费希特（Johann Fichte）那里，爱国主义与世界主义也是一对双胞胎兄弟。他提出，德意志民族的特性就在于其普遍性，德国的统一并非源于任何形式的民族特征，而是为了让公民实现自由，如果说民族国家是必经的历史阶段，那也是通向"国家的国家"的历史阶段。显然，在哈贝马斯看来，在民族传统受到质疑、历史发生了断裂、普世价值日益受到拥护的战后德国，是时候脱离民族国家的历史阶段，重续启蒙精神，融入一体化的欧洲。

四、社会消解国家

鼓吹民族国家复兴的保守主义者自然存在，而且势力不小。他们或多或少算得上是纳粹的桂冠法学家卡尔·施米特的门生或者崇拜者，也正因为继承并发展了施米特的思想，他们便与其他立场的知识分子分享了同一论据：施米特所称的“自组织的社会”正在不断消解国家。这一观察早就由黑格尔做出，市民社会或者说公民社会，是黑格尔国家理论的重要环节，现代政治运行的逻辑也常常被归结为公民社会崛起，制衡国家权力。施米特相当重视这一现实，他的所有思想就是捍卫国家的神圣性，避免国家被多元化社会侵蚀。他为民族国家辩护的论证可以简化为：政治即划分敌友，只有作为一个精神凝聚体的国家才能够划分敌友，所以只有国家是严肃的政治事物的唯一容身之所。由民族主义精神凝聚起来、对抗其他民族的国家显然具有这样的价值，联邦德国在施米特看来仅仅是一个不具有任何正当性的功能机制。

施米特战后的追随者——以法学家福斯特霍夫和曾坐镇联邦宪法法院的波肯费德为代表——都接受了上述立场。与施米特不同的是，面对工业化社会的发展，他们不再坚持保卫国家反对社会，而是接受了这一事实，进而认为国家只是对工业社会进行辅助和补充，它的正当性不再是在更高层次上代表整个社会，而是提供广泛的再分配和社会服务。然而他们由此发展出一套技术统治论，认为国家已成为一个巨大的技术化官僚机制，脆弱的个人在其中没有任何政治活动的可能性。某些保守主义者如欧洲经济共同体的顾问约瑟夫·凯泽甚至将之接续上施米特的大空间理论，视技术化国家为通向一个更大统一体、一个新帝国的历史进程的一部分。

可以看到，同是导向欧洲一体化，保守主义者与哈贝马斯的推论却南辕北辙。前者在放弃了以决断式的激进政治行动对抗工业社会对国家精神的侵袭后180度大转弯，转而默认技术化国家对个人生活世界的规制。哈贝马斯和其他知识分子则拒绝在彻底激进和彻底冷漠之间做出非此即彼的选择，他们不仅同意而且主张国家的正当性就是提供功能性的服务，当然，他们也认识到，国家作为一个系统，自然而然会侵蚀个人的生活世界，但个人对此并非束手无策。20世纪70年代兴起的环保主义已然弱化了技术统治论。在理论上，社会学家乌尔里希·贝克以釜底抽薪的方式批判了施米特的政治观。他否认只有国家才具有政治性，施米特所厌恶的自组织型社会恰恰成了政治事物的新容器。参与到社会运动中去的公民，不仅以合法的形式对抗国家的技术化控制，也对抗社会自身产生的系统性规训力量，从而形成普遍的抗议政治。另一位战后著名的社会学家尼克拉斯·卢曼（Niklas Luhmann）甚至将抗议政治的兴起视为联邦德国的辨识特征之一。对于坚持启蒙传统的知识分子来说，国家以自我否定的形式，通过向公民提供抗议权，获得了公民的认同。

百年前梁任公于《新民说》中倡言："国家如一公司，朝廷则公司之事务所，而握朝廷之权者，则事务所之总办也；国家如一村市，朝廷则村市之会馆，而握朝廷之权者，则会馆之值理也。"彼时之国人，只因朝廷方知有国家，而于朝廷，只知服从而不知其是否合法。百年后的国人，对于国家、政府之认识是否更加深入合理，尚存疑问。阅读米勒的这本著作，至少可以了解种种异质的对于国家和民族认同的态度，不至于固守许多理所当然的意见。

德国书市管窥

荷尔德林塔旁边的“女士书店”门口依然摆着阿伦特的画像，威廉大道上的巴德（Bader）旧书店照旧常常把新到的哲学旧书摆在狭窄的楼道旁，不过，在图宾根大学攻读人文学科的中国学生已经不像先刚博士在此求学时那么缺乏淘书经验了。先刚博士曾于2007年8月份的《文景》上发表过一篇《图宾根书店琐忆》，细细回味了在此处遁迹于书林的乐趣，不过显然，他的淘书功夫不如而今几位晚辈后学高超。那会儿，图宾根的曼弗雷德·弗兰克（Manfred Frank）教授——一流的德国唯心论研究者、综合英美分析哲学和德国古典哲学的代表人物之一——可以向他炫耀在无人识货的杜塞尔多夫坊间寻获了一本弗里德里希·施莱尔马赫（Friedrich Schleiermacher）1859年版《辩证法》（*Dialectic*）。就在一年以后的现在，一位中国同学却能够不无得意地告诉弗兰克教授，自己在图宾根只花了 0.5 欧元便买到了著名学者瓦尔特·舒茨（Walter Schulz）——这位舒茨的分量可从一件小事上略见一斑：1958 年他拒绝了前往弗莱堡接任海德格尔教席的邀请，一生都在图宾根任教——的名作《德国唯心论在谢林晚期哲学中的完成》。如果弗兰克教授得知另一位中国同学也是在这里淘到一套 1817—1828 年初版的施莱尔马赫译柏拉图作品集，所费不过 30 欧元，一定更会称赞中国学生的眼力，羡慕中国学生的运气。甚至，中国学生淘书经验的增长还表现在，有男同学冒险跨进了“女士书店”的大门，于是才知道，不是门口抽烟的阿伦特画像让男士望而却步，而是这家书店根本就是“男士免进”。

好读书、好藏书的人在德国是要享福的。尽管我认识的朋友里有的是有资格来谈谈在德国逛书市经验的老道书虫，但我这个眼力不尖、见识不济的书中菜虫也忍不住要越俎代庖，评点一番短短半年来在这里寻书购书的收获。

不过，在谈论德国书市的行情前，先得做点准备功课，说明一下德国的经济情况，否则，即便是那些相对价格已经十分低廉的书籍，按汇率将它们的价格换算成人民币后也要让国内的朋友瞠目结舌。需要将书籍价格与其国民收入作番比较，然后再反观国内，才能对德国书市有个恰当的印象。

图宾根与弗莱堡、海德堡这两所大学城一样，位于德国西南部的巴登－符腾堡州。按照德国联邦统计局的数据，巴登－符腾堡州与和它毗邻的巴伐利亚州的国内总产值在德国 16 个联邦州中一直分居第三位和第二位，仅次于北莱茵－威斯特法伦州，在历史上，这两个州所属的西南德地区便一直是德国文化经济鼎盛之地。巴登－符腾堡州统计局在其主页上提供了一份 2003 年的家庭收入与支出统计报告。根据这份报告，当年巴登－符腾堡州的平均家庭税前月收入为 4027 欧元，税后每户平均月支出为 2311 欧元，这其中用于吃穿的计有 435 欧元，占 19%；住宿花去 739 欧元，占 35%；交通和各项信息费用花去 435 欧元，占 18%；用于闲暇娱乐、文化和教育的有 292 欧元，占 13%。按平均每户家庭两人计算，大概人均税前可支配月收入 2000 欧元左右，其他各项也依此均分。另一份 2008 年的整体经济报告则显示，巴登－符腾堡州 2006 年每位居民人均可支配月收入为 1654 欧元，略高于全德 1511 欧元的水平。2006 年巴登－符腾堡州国内总产值较 2003 年增长了 7%，2008 年则较之增长了 16%。扣除物价上涨因素的话，目前巴登－符腾堡州的居民收入与支出情况与 2003 年相比大体依旧，全德的平均生活水平则低于巴登－符腾堡州。

事实上，这些统计数据显示的是德国一般家庭的良好生活质量。德国西南部一般的失业救济金在每月350欧元上下，而以我在德国半年的短暂生活经验来看，每个月250欧元便可以住到很不错的单间，100欧元就可以允许不时聚众饕餮一次，再加上100欧元左右的通讯、交通以及保险费用，每月500欧元便可以保障不错的基本生活。

而按上海市统计局的数据，上海市2007年人均可支配月收入为1969元。且不论这个平均值里有多少是将占少数的高收入者的收入平均到了大多数低收入者身上，即便以此为依据来比较中德书市的行情也会发现，在上海这个中国最发达的城市之一，读书成本也颇为不菲。

要看书市的行情，自然先要了解新书的价位，虽然我们平日逛得最多的是旧书店、旧书网。刚到图宾根时便听朋友推荐，威廉大道上有家纯粹的威利（Willi）学术书店，主售哲学和神学类学术书籍。黑格尔、谢林、荷尔德林在图宾根新教神学院度过了他们最具思想爆发力的一段年轻岁月，教皇本笃十六世（Pope Benedict XVI）曾在图宾根天主教神学系任教，哲学与神学本也是融入德国文化血液中的酵素，因此图宾根有这样专门的书店自然不足为奇。而且细说起来，威利书店偏向于哲学，一位我们认识的店员哈特曼先生便是在图宾根拿了哲学硕士学位。离威利书店50米开外的地方有家同样知名的加斯特尔书店，店主偏好神学。但由于我专业、兴趣所在，且将加斯特尔书店按下不表，单说威利书店。

话说当时德国最出名的出版社之一迈纳（Meiner）出版的一套精装六卷本黑格尔主要作品集正打特价，49.98 欧元。纯墨绿色的绒面封皮，上面嵌着红条金字，威利书店将其摆在橱窗里展示。这套黑格尔作品集收入了黑格尔生前自己以著作形式撰写并出版的著作，计有《耶纳时期批判著作》《精神现象学》《逻辑科学》（俗称《大逻辑》）、《法哲学原理》和 1830 年《哲学科学全书纲要》，以黑格尔协会 1968 年开始重新编订的全集本为依据（第五卷《法哲学原理》据迈纳“哲学图书馆”本），可谓最好的版本。我便兴冲冲地跑去威利书店，迫不及待将其揽入怀中。那是第一次进威利书店，不大的两个进间，四壁的书架大致按出版社摆放图书。因为几家规模较大的出版社，如迈纳、苏尔坎普和雷克拉姆，所出版的经典普及图书均以书系形式呈现，是其标志性出版物，各自以醒目的独特颜色加以标识，像迈纳的“哲学图书馆”书系纯为天青色，雷克拉姆的 64 开本口袋书或鲜黄或橙红，苏尔坎普的则多为黑色或其他深色，所以威利书店的书架望过去便呈几大块醒目的单色，颇为显眼。

这类特价书都有打折时限，这套黑格尔集如今就已涨回原来的 138 欧元。不过如此低折扣的出版社特价版书籍并不少见，在威利书店的橱窗里一直可以看到慕尼黑版三十三卷本精装歌德全集，售价 199 欧。特价书主要集中在那些举世闻名的作家、思想家身上，也不限于德国人，我也曾在威利书店看到弥尔顿、爱伦·坡等英语作家的德译特价作品。想必这些作家的作品需求多、销量大，所以能够以低廉价格惠及读者。著作权过期当然是个原因，另外，许多德文书籍尤其是全集的编纂工作耗时数年甚至数十年，而且编辑版税十分高昂，书价也就相应水涨船高，例如上文提及的新编《黑格尔全集》每一卷售价便近 200 欧元。所幸出版社又能以那些最权威、最优良的版本为底本推出一些低廉的特价版，特价期一般至少持续半年，实在是替读书人着想。甚至一些卷帙浩繁的辞书、工具书也会有特价，比如在 1909—1913 年首次出版，至今经过四次重编，现共计十卷、一万多页的《宗教的历史与现状》（*Religion in der Geschichte und der Gegenwart*，RGG）原价 2250 欧元，2008 年秋天便推出了一套九卷小开本特价版，售价 498 欧元（待笔者校订旧文时，这套辞书甚至以 99 欧元的特价售卖过）。

此外还有一种特价书，就是那些在品相、质量上略有瑕疵，内容却完好无缺的书，往往会打上个“瑕疵本”的印章以半价销售。由于德国法律规定书店不能擅自打折，有时书店为了处理一些库存书便会以瑕疵本为由将其打折卖掉。威利书店的里间便有不少这类打折书，所以每次一到书店我们便直奔里间而去。我在别处买过一本卡尔·福尔兰德（Karl Vorländer）著的《康德：其人与其作》（*Immanuel Kant. Der Mann und das Werk*）的瑕疵本，这本书是学界公认最好的、资料最翔实的康德传记，厚达400多页。原价是14.95欧元，我不过花了4.95欧元，即便在国内也要这个价格，更何况国内许多书并非物有所值。

另外值得一提的，是德国另一个非常杰出的出版社——达姆城（Darmstadte）的学术图书协会（Wissenschaftliche Buchgesellschaft，WBG）。WBG成立时的背景并不光彩，它是在因与纳粹合作而丧失名誉的历史学家恩斯特·安里希（Ernst Anrich）推动下于1949年创建的，其目的一是弥补当时学术文献的缺憾，二是为许多因纳粹问题被大学除名的学者提供一个谋生之所。战争导致许多学术书籍佚失，学术资源匮乏，WBG选择将那些在战后很难寻获的学术书籍进行重印，对于德国学术的恢复无疑有着不可忽视的作用。这一业务传统一直延续到了今天，如今，WBG每年出版的书籍中，仍有约三分之一是从其他出版社购买版权后重印发行的。WBG一直采取会员制销售，凡成为它的会员，便可以以会员价直接向其订购书籍。每年的会费，学生为5.5欧元，非学生也不过11欧元。有了网络后，直接在其网站订购书籍即可。

WBG 的版本虽然在装帧和纸质上不如原版，价格却往往相当于原版的 5—8 折，2008 年年底我从 WBG 订购了一套施莱尔马赫译的希德对照本柏拉图全集，八卷本，99 欧元。这套全集的希腊文取自法国学者比代（Budé）校勘的希腊文本，质量上与英国牛津出版社的经典版（Classical Texts）校勘本相比各有千秋，而施莱尔马赫的德语译文虽然拗口，却相当贴近希腊文原文，所以虽然柏翁著作的德译本层出不穷，施译本仍旧作为古典语文学的一个典范受到推崇。谁料今年 WBG 周年庆，这套书也列入特价书目，现价不过 49.9 欧元，不禁让穷书生捶胸顿足。而我买的另一本《奥古斯丁〈忏悔录〉章义》，甚至从原来的 34.9 欧元跌到了 3 折。其他的特价好书更是数不胜数。WBG 对于德国学术的繁荣与传播之功可见一斑。

事实上，即便不看特价本，德国各大出版社出版的经典普及本，价格相对于德国居民的一般收入而言，也很低了。德国出版社的书籍定价相当符合市场规律，一般而言，二手学术研究文献和校勘研究版文集往往以精装印行，售价高达 100 欧元甚至更多，印量不多，许多书出版一次便不会再版。这些书的销售对象不是个人而是图书馆和研究机构，以德国庞大的图书馆采购量而言，完全可以消化掉这些专业出版物。研究类著作也常常由一些专业的出版社出版，比如位于图宾根的莫尔·西贝克（Mohr Siebeck）出版社只出神学、哲学、法学、经济学和犹太研究类著作，法兰克福的克劳斯特曼（Klostermann）出版社则以海德格尔全集和托马斯·曼研究闻名。在许多德国知识分子的回忆录里都可以看到，专业出版商在他们的知识生活中有着特殊的地位，如果做一番历史研究，甚或可以发现出版业对整个近现代思想史走向的影响。

再者，某些研究著作和校勘研究本作品集一旦产生重大影响，便会重新大量印行，价格自然降下来。新康德主义学者保尔·纳托普（Paul Natorp）1903年发表的《柏拉图的理念论》（*Platos Ideenlehre*）当时即影响了包括海德格尔在内的许多学者的研究思路，可谓以德国唯心论哲学解读柏拉图主义的代表作。经过近一百年的检验，这本书早已成为柏拉图和唯心论研究中的必读书目。2001年迈纳出版社再版了此书，售价不到10欧元，当然这里也有版权过期的因素在内。由意大利学者乔吉奥·科利（Giorgio Colli）和马兹诺·蒙蒂纳里（Mazzino Montinari）编辑的批判研究版尼采全集（通称KSA）更能说明市场决定价格，这一套十五卷的口袋本全集价格仅为138欧元，而且自1980年初版以来已多次再版。

我关注的基本是学术类书籍，威利书店十步开外另有一家奥西安德尔（Osiander）书店，其中陈列着种类繁多的泛文化类图书。奥西安德尔是图宾根规模最大的书店，400多年历史，分有三处门面。威利附近的是总店，上下三层，店内装修非常现代，好比上海的季风书园、北京的风入松书店、杭州的枫林晚书店，只是面积要大许多。一楼大厅里陈列的多是文学、文化类畅销书，大致翻看一下价格，多在20欧元、30欧元上下，例如2008年荣膺德语文学奖——德国书业和平奖的乌韦·特尔卡普（Uwe Tellkamp）的《塔》（*Der Turm*），作为一部描写民主德国衰亡的976页、精装巨作，定价为24.8欧元。特价版似乎是德国出版业的惯例，文学类书籍也不例外，即便是已经畅销的书籍，书商也会推出一个廉价版。随着描写德国20世纪60年代崛起的学生恐怖组织“红军派”（RAF）的电影《巴德尔和迈因霍夫集团》（*Der Baader Meinhof Komplex*）于2008年10月热映，电影的同名纪实体小说也登上了畅销榜。这部由前《明镜》周刊记者和编辑斯戴芬·奥斯特（Stefan Aust）撰写的小说于1985年初版时便以其大量翔实严格的细节描写引起轰动，1997和1998年两次再版，2008年则推出了一个672页的全新修订和扩展的特价版，定价不过10欧元。

不过，最惬意的还不是买新书，如果在一家旧书店一番辛苦淘到几本中意的好书，其中乐趣识者自有体会。我在国内本无淘旧书的爱好，但到了德国，一是因为德国出版业发达，几百年保存下来的出版物数量庞大，使得旧书市场格外繁荣，二来书籍纸质优良，18、19世纪出版的书拿在手里结结实实，放了几十年的都不见怎么发黄，抚旧如新，三是旧书毕竟比新书便宜许多，便开始享受淘旧书的乐趣。图宾根南城有一家叫作齐默尔（Zimmer）的旧书店，店主是一对看起来年近八旬的老夫妇，以及一只活蹦乱跳的黑色狮子狗（校订本文时狮子狗已然逝去，一叹）。书店是一栋长方形的房子，独自坐落在一片安静的住宅中。周围道路纵横交错，我至今仍记不住准确的路线，每次要么有朋友带路，要么估摸着大致的方向四下里误打误撞，不经意间那方盒子便会出现在视野中。齐默尔书店的面积说起来不小，里外里大约50平方米，却因为四壁和过道上都层层叠叠堆满了旧书，而显得狭促。靠墙的书架一直顶到天花板，每一层都排满了各种开本的书，书里必然夹着一张写着号码的纸条，老先生和老太太便凭这些号码从他们的电脑系统里查询书籍的相应信息，故而每次看到新面孔，老太太都会叮嘱一番：不要将书中的纸条弄掉。店里的书的品位和品相都相当好，据说几个朋友刚刚发现这家书店时，看到为数不少的牛津出版社经典版的系列古代著作，被他们洗劫一空。我自己也曾看到很多阿尔忒弥斯（Artemis）出版社 Tusculum 系列的希德或者拉德对照本古代文献，至于各个版本的莱辛、歌德、席勒全集和其他浪漫派作品更是时时可见。很诧异老先生一大把年纪从哪里搜罗来恁多好书，只是有一次闻说，神学系一位教授去世，他上门收书，后来两位学神学的朋友便满载而归了一回。

齐默尔书店最让我们喜欢的是老先生和老太太的慷慨与厚道，卖给我们书时常常按原订价格打 5 折。开头说到的那套施莱尔马赫译柏拉图和瓦尔特·舒茨的名作，就是朋友在这里淘到的。更神奇的是，进了店门右手边有一个长长宽宽的架子，上面铺了一摊书，全都一元一本。第一次去齐默尔书店我便撞见一套十卷本的康德作品集，是最通行的威廉·魏施德（Wilhelm Weischedel）编辑本，收录了康德生前发表的所有著作，是 WBG 20 世纪 70 年代的印本，新书定价 49.8 欧元，这套虽然缺第一卷前批判时期的著作，却比大白菜还便宜。另有一套苏尔坎普旗下的 Insel 出的十二卷本里尔克全集，缺了五本，至少有我想看的《马尔特手记》（*Die Aufzeichnungen des Malte Laurids Brigge*）。

我们隔三岔五便去齐默尔书店，以至于那儿的哲学类好书已经被我们搜刮得所剩无几，当然，历史、艺术和文学类的书籍还不计其数。好几次问主管录入信息和查询的老奶奶，某本书还有没有，她都面带笑容地说："已经被你的中国同学买走了。"

齐默尔书店去得多了，以至于我们买再贵点的旧书都觉得舍不得。其实，老先生几乎在做慈善事业，这里的书价不能代表一般行情。别家几乎不会有低于 5 欧元的旧书，多数都在 10 欧元以上。威廉大道上的巴德书店也是我们常常光顾的地方，价格比齐默尔书店高许多，其实挺公道。曾经去斯图加特北部的路德维希堡逛过一次旧书展，参展的旧书店老板不知是欺人不懂行，还是仅仅凑热闹展览一番，书价动辄成百上千，却未必是什么好书。只有巴德书店的老板在角落里摆了一个小摊位，笑眯眯地坐在那里，尽管价格比在店里时高了一些，但相比之下也可见其实在。

图宾根老城警察局对面还有一家埃克（Ecker）书店，所在的房子非常古旧，想必是 19 世纪的建筑，墙壁是用巨大的石块垒砌，室内空间呈拱形。书店的面积特别大，地上一层再加一间地窖一般的地下室，同样堆满了书，可惜好书不多，而且价格不厚道。我初来时不懂行情，在那里找到一本曼弗雷德·弗兰克（Manfred Frank）的书，还有一本雅斯贝尔斯的成名作《尼采》。书里都有阅读过的划痕，价格却近 10 欧元。后来才知道，这类有划痕的书，价格会缩水很多，大多不会超过 5 欧元。此外，这家书店的书堆在地窖，常年不见天日，书里有一股除不去的霉味，后来我便再也没去光顾过。

除了逛旧书店，类似国内“孔夫子”网站的旧书网在德国也非常发达，而且规模要大许多，不光德国，欧洲各地的旧书商都在上面交易。我最常用的一个网站叫“Zentrales Verzeichnis Antiquarischer Büche”。因为有了网络，所以各地的价格相差不大，如果搜得勤快点，运气好便能碰到很划算的好书。几个月下来我在网上买了一套三卷本的慕尼黑版荷尔德林全集，以及一套 KSA 版尼采全集，前者不到 40 欧元，后者 90 欧元。而且它们哪里是旧书，根本是地地道道的新书，毫无使用痕迹。那套荷尔德林全集被书店老板用印有古旧印刷作坊工作场景的漂亮画纸整整齐齐包扎好，打开来，卷卷精美，字典纸印刷，书体柔软，每卷都有 800 多页，拿在手里不显厚也不觉重。慕尼黑版的荷尔德林全集虽然不及斯图加特版和法兰克福版权威，却也是学界通用的本子，它的一位编者麦克尔·弗兰茨（Michael Franz）是图宾根大学的讲师，这学期上了他的荷尔德林研讨班，是位治学细密、为人朴素的学者。

按照德国居民的收入水平，这样发达繁荣、运转合理的图书业自然让他们轻而易举就享受到阅读的乐趣和钻研的便利，难怪大多数大学的私讲师，拿不到教授席位，收入不高，买起书来却一点不含糊。在此访问留学的人就得抓住机会，好好攒下批书来。二月底的时候帮一位准备回国的台湾学长搬行李。这位学长在图宾根大学读古典学，已然负笈十载。说是搬行李，其实就是搬书。装香蕉的水果箱总共126箱，我们六七位朋友花了大约两个小时从他住的三楼搬到楼下，然后等着一家汉堡港过来的货车将它们拖走，这批书要靠一个集装箱走海路颠簸万里运回台湾。等车的时候一个朋友开起玩笑说要拦路抢了这批宝贝，后来联想到这书走海路大概要过索马里。学长一查航线，果真如此。于是一干人便顺着编起故事：那索马里海盗还真抢了这批书，开箱一看，竟是古今泰西各类文字书写的书籍。自从载了这批书的货船被劫后，索马里海盗竟就此销声匿迹，数十年后崛起了一个索马里古典学派，而索马里境内已是一片文风斐然。这批足以建立一个小型图书馆的书籍就是学长在德十年淘书的成绩，我们这帮朋友也早早在合计着回国时包个集装箱将书一起运回。

梅斯基尔希游记

距离 2009 年初游梅斯基尔希（Meßkirch）已经过去一年有余，如今才有闲情将当日的见闻从记忆中检索出来打点一番。

梅斯基尔希是哲人海德格尔的故乡，按照德语文化的民俗划分，属于施瓦本地区。尽管海德格尔是西方哲学史上殿堂级的人物，但人们始终不忘嘲笑他是一个地地道道的施瓦本农民。梅斯基尔希虽有市的建制，但视其大小仅算德国巴登－符腾堡州西南部的一个小乡镇。

这里距我就读的图宾根大学有三个小时的慢速火车加公共汽车车程。冬日积雪皑皑，同行的三五友人清晨在火车站碰头，踏上出行之路。梅斯基尔希在图宾根大学学期票有效范围内，所以我们不花分文就可以享受德国便捷的列车服务。

德国大多数大学的学生均享有这项社会福利待遇。学期票的价格因地而异，从30欧元到200欧元不等，而德国的家庭人均月收入在2000欧元上下。德国人将教育视为一项应该最大限度实现公平的公共服务，学生们不仅已经享有良好的教育福利，而且敢于理直气壮地提出更多要求。2009年的抗议教育改革活动中，以前一直没有学期票的慕尼黑大学生便坚持为自己争取这项福利；图宾根大学的学生还要求免费获得另一种交通优惠卡，俗话说天下没有免费的午餐，他们竟然要求从幼儿园到大学的所有教育机构都提供免费午餐。且不说这些要求是否过分，认为政府财政应该最大限度地提供惠及全民的公共服务的观点可谓现代政治学的公理。

火车上乘客稀少，我们这帮人可以在宽敞的座位上肆无忌惮地享受几个小时的闲聊时光。闲谈中自然牵扯到不少海德格尔的逸事。当时刚刚读过海氏学生之一汉斯·约纳斯的回忆录，在书中，从马堡求学时期就跟汉娜·阿伦特有着亲密友谊的约纳斯透露了当年海德格尔向阿伦特示爱的情景。约纳斯在阿伦特生前从未对任何人讲过这件她亲口告诉他的秘密，终于忍不住在回忆录中下了些笔墨描述这件风流韵事。那是1924—1925年冬季学期，阿伦特经常在海德格尔的谈话时间拜访他，讨论人生，讨论哲学。当时海德格尔已经是青年学生中的隐秘国王，阿伦特对他十分倾慕。

一次谈话时间结束后，阿伦特起身离去，海德格尔陪她走到门口，“突然，他跪了下来，我弯下腰去，他伸出双臂抱住我，我双手捧着他的头，他亲吻我，我也亲吻他”。于是，这位并非风度翩翩的施瓦本农民俘获了一位聪明绝顶的美丽少女、未来举世闻名的政治哲学家的芳心。

不仅如此，他后来的巨著《存在与时间》及其他著作持续吸引着全世界无数青年。我对哲学的兴趣也缘起于梦魇般地阅读《存在与时间》。曾几何时，海德格尔于我而言就象征着世界的根本真理，与他发生或直接或间接的联系就意味着触摸到某种神秘的力量，因此去他长期任教的弗莱堡大学求学是我多年梦寐以求之事。然而，真正站到德国的大地上时，以往的魅力已经荡然无存。与人类社会经历了祛魅的现代化类似，人的某种成长也将经历这种祛魅。

临近中午时分，我们在梅斯基尔希的镇中心下车。抬头一望，就是海德格尔的父亲任过司事的教区教堂，一座简单明快的晚期哥特式建筑。海德格尔曾经屡次深情回忆童年时教堂深邃悠远的钟声，并赋予它同样深邃悠远的意义，在他而言，那钟声是真理对他最早的启示。如今，这座教堂就矗立在我们面前，朴实无华。

小镇里并没有多少值得游览的地方，大家漫不经心地穿行在一条条幽静的小巷里。路过的两家墓碑店倒成了最大看点。其中一家可谓一间雕塑工作室，设计的墓碑别具现代艺术风格；另一家则是个小作坊，作品是毫无雕饰的花岗岩石块，虽形制不规，不似传统墓碑方方正正，却也有浑然朴拙的味道。很快，我们在城市公墓看到了现代与传统两种风格的自然交融。

城市公墓位于镇子边缘，海德格尔与其家人的墓地就坐落在那里，在一家花店合买了一束百合后大家步行前往。与国人印象中阴森幽暗的墓地不同，德国的公墓就如同它的德语称呼"Friedenhof"的字面意思一般，是宁静的园地。每到一座德国名城，我都会兴味盎然地去树影婆娑的城市公墓散步。而在图宾根，我们甚至会时不时在夜晚穿越埋葬着数位文豪、哲人、党魁和巨贾的公墓前往教室或者车站。此时，在被白雪覆盖的原野上，梅斯基尔希的公墓显得格外安详。站在海德格尔墓前，心里竟然没有任何激动和感触了，我们甚至为了拍照留念将献花仪式上演了两次。

人们往往提及，海德格尔的墓碑上是颗星星而非十字架。与明清以来接受基督教信仰的中国士人在选择自己的葬礼时面对传统与基督教两种方式的冲突相似，海德格尔这位曾经的天主教徒、新教徒和古希腊思想的追随者在去世后也陷入了这样一件纷争中，最终他的葬礼按照天主教仪式进行，而他的墓碑上却留下了一颗明亮的星星。晚近的文化保守主义者一再强调，从新教对天主教教仪的反动，再到现代科学主义世界观对传统仪式的颠覆，人们的生活秩序受到极大销蚀。然而，无论遵从哪种信仰下的生活方式，最终都在这片土地上找到了自己的安息之所。放眼远处围绕原野的广袤森林，寂静无声，仿佛凝固在宣纸上的墨块，风景如此迥异，却唤起我眺望家乡的黄土高坡时同样的心境，天地无涯而有形，才是永远充满魅力的所在。

从墓地返回镇内的城市博物馆，这里有间海德格尔展览室，因为时间不凑巧，当日没有开放。海德格尔协会的办公地点也在此。在德国，这类学术性质的协会数不胜数，只要缴纳会费，即可入会，会员既有硕学鸿儒一类的学者，也有大学生和业余爱好者，而活动经费的大头一般由企业或基金会赞助。协会每年都会在不同地点举办各类研讨班、演讲、展览和其他活动，并出版学术质量很高的年刊，通常是本研究领域的权威。一位友人加入了位于图宾根的荷尔德林协会，2009 年 9 月参加过他们组织的一次“许佩里翁之旅”，沿着荷尔德林的小说《许佩里翁》（*Hyperion*）中的路线游览希腊诸岛并做讨论。友人在旅途中不仅结识了一位造诣很深的老学者伯恩哈德 · 波申斯泰因（Bernhard Böschenstein）[其对荷尔德林的解释曾影响过海德格尔，与保罗 · 策兰（Paul Celan）也有深交]，还认识了不少业余研究德国文学的爱好者，其中不少人出版过颇有水平的专著。事实上，因为中国文化普及的缓慢和教育资源的匮乏，我们直到互联网时代才体验到“世界是平的”。而在西方国家，由于大学的开放和图书馆的便捷，很早以来，思想、学术就不再是学院学者的专利。中国民间不乏满怀热情的思考者，他们热衷于建构自己的理论体系，但由于缺乏资讯以积累阅读，往往徒造空中楼阁。所幸有了互联网之后，学院外涌现了不少有水平的业余研究者，远胜无数尸位素餐的学院学者。

互联网也大大降低了人际交往的成本，使我们在一定程度上享有了自由结社的权利。查尔斯·蒂利在《欧洲的抗争与民主》（*Contention and democracy in Europe*）中论述过平民结社对法国民主化的推动作用。作为政治进步标志的《拿破仑法典》尚且规定：“未经政府授权，超过 20 人以上，旨在每天或定期举行聚会讨论宗教、文学、政治或其他主题的社团都不允许成立，一经发现，政府当局可以采取强制手段。”但当时的各类民间社团仍旧如雨后春笋一般出现。尽管一个封闭的社团有将内部共识和查尔斯·蒂利所言的受保护协商与公共政治隔离开来的倾向，成为民主生活难以渗透的壁垒，但不同社团毕竟都力图通过自由竞争将内部共识扩展为社会共识，这促进了民主化发展，而最终在民主框架下，少数人的不同价值也可以在小型共同体中实现。在图宾根就有若干精英学者圈子。古典语文学家沃尔夫冈·莎德瓦尔德（Wolfgang Schadewaldt）在战后发起了“星期三俱乐部”，延续至今；还有秉持“格奥尔格圈子”精神的团体，现在由一位日耳曼语文学家主持。“格奥尔格圈子”是 19 世纪末以来聚集在诗人斯特凡·格奥尔格（Stephan George）周围形成的“秘密的德意志”，德国近代学官商三界无数名流都曾是这个圈子的成员，该圈子后来也被纳粹利用。

不可否认，这些精英圈子不同程度上否定民主的生活方式，但如果没有民主制度的保障，精英们恐怕连高谈阔论的机会也没有。民主制度既给予少数人选择不同生活方式的空间，也防止少数人将他们持以为真的好生活方式强加于他人之上。所以批判现代性一切产物的海德格尔哲学在战后德国依然得到传承和解释。众所周知，海氏全集由于卷帙浩繁一直没有编辑完成，但也临近尾声，据说一旦完成，又将按照晚近西方学术界的“批判研究版”的编辑理念推出新的版本计划。

离开镇中心的博物馆、城堡，我们去寻访海德格尔童年时常常徘徊其上的田间路。海氏有篇文章即以《田间路》（*Der Feldweg*）为名，回忆这条他最初的“思之路”。途中穿过一片菩提树园林，走到出口，眼尖的同伴发现了一座日本风格雕塑，上部颇似日式园林中灯座形小品，下部却有着奇怪变形。近前一看，原来是日本的河北町与梅斯基尔希结成友谊城市 20 周年纪念碑。后来才知道，梅斯基尔希本是与 2004 年并入河北町的宇野市建立友谊关系，Unoke 是日本哲学家西田几多郎的故乡，他被视为海德格尔精神上的同道。日本自明治维新以来不遗余力地学习西方，下至器物服饰，上至思想制度，乃至被西方人讥为“学人举止的猿猴”，其西化程度何止中国在胡适“全盘西化”口号下进行的激烈。而时至今日，传统文化之浓郁又岂是中国所能比，乃至有西方日本学研究者认为，日本根本没有经历实质上的现代化。日本人对西方文化从一开始就兼并吸收而有创造，西田几多郎对西方哲学钻研极深，同时有意识地在日本思想传统中寻找共鸣，比今日放言会通中西的中国学者早一百年，而其建立京都学派，对日本思想界影响深远，又远非今日国人所能比。

出了园林，马路旁的路牌上就写着“田间路”，两旁鳞次栉比的安谧人家，还有一座海德格尔人文中学，再行一段可看到收割过的庄稼，一根根玉米秆挺立在雪地里，尽头是绵延的森林。我们想找到海德格尔幼时坐过的那条椅子，接二连三看到几条，总以为是却又不能确定。好在遇到一对年逾古稀的老夫妇去林中远足，上前一问才知道要走到树林里，说着就带我们同去。交谈中得知他们原是弗莱堡人，在那里求学时也见过海氏。我们夸赞这里风景的辽阔，他们只说美是美却很无聊，大概是知道我们从中国的大城市来，但看两位老人健步如飞，哪有什么萎靡无聊的样子。转眼间来到了海德格尔的长椅旁，果真品相非凡，是大哲学家坐过的椅子，靠在一棵参天的橡树下，简洁肃穆。

海德格尔一生与自然亲近，难怪从 20 世纪 30 年代起就倾其全力分析和批判现代技术。但德国当代学者迪特·亨利希（Dieter Henrich）称其哲学先天与现代社会脱节。他对现代技术本质的分析着实深刻，但由于他彻底拒绝了对象化的主体性思考方式，除了等待最后之神的到来，没有提出任何积极面对现代社会危机的态度。他的学生约纳斯早在关于诺斯替主义（Gnosticism）的博士论文中就批评老师的思想与将此在世界彻底贬低为恶神创造的堕落之所，寻求通过灵知与之脱离的诺斯替主义形态相似。而约纳斯晚年更是以无畏的理论勇气，在上帝并非全能、需要人的共同创造这一神学背景下，构建出坚韧有力的责任伦理学，与当时德国的环保运动同声呼应。在《责任原理》（*Das Prinzip Verantwortung*）出版的次年即 1980 年，德国绿党成立，环保主义进入议会和内阁，直接影响政策制定。今日德国能一直保持如此宜人的自然环境，环保运动者的积极行动功不可没，约纳斯的思想在德国也不断产生新活力，如今其全集的批判研究版也开始陆续编纂出版。

在哲人之椅旁流连忘返一阵后，我们踏上回程。最后值得一提的是，回到镇中心，想再看一眼海氏故居，问路时却被一位热情的先生拉进他的酒馆向我们讲解当地的民俗文化。原来当天是德国的传统狂欢日小丑节，梅斯基尔希的特色是以猫为象征，晚上人们会穿着猫主题的服饰，提着猫的灯笼游行，这位先生的酒馆墙上便挂满了历年狂欢日的照片。眼看着最后一班车就要来，大家耐着性子听完他的讲解，临走还承他送了一个十分漂亮的猫灯笼，也幸运地赶上班车。返程途中我们在另一个城市锡尔马林根（Sigmaringen）转火车，正巧碰上当地的游行队伍，人数不多，身着彩装，在空旷的夜色中欢笑喧哗，让人不禁想起童年时故乡农村露天电影散场后夜行的人声。

国歌、足球与民族认同

“德意志，德意志高于一切，高于世界上的一切。”如果哪个中国人为了炫耀对德国文化的了解，当着德国朋友的面唱出这段曾经的德国国歌，对方会立刻跳起来捂住你的嘴。这并非夸张，而是一位朋友的亲身经历。1922 年魏玛共和国时期被定为国歌的《德意志之歌》就是这样开头的，它由 19 世纪的德国诗人霍夫曼·冯·法勒斯雷本（Hoffmann von Fallersleben）所作，旋律则来自海顿（Joseph Haydn）的《皇帝四重奏》（*Emperor*）。彼时正是“一战”结束、丧权辱国的《巴黎和约》签订之后，为了激发民族自尊，德国将这首传唱已久的歌曲定为国歌。而在普鲁士趾高气扬地统一德国时，德意志帝国反倒没有法定国歌，偶尔充作国歌的《万岁胜利者的桂冠》（*Heil dir im Siegerkranz*），旋律竟还是借自英国国歌《上帝保佑吾王》。

纳粹时期，原为三段的《德意志之歌》只有以“德意志高于一切”开头的第一段被选入国歌，但纳粹的暴行让德国国歌唱出的不再是民族自豪或民族屈辱，而是民族罪孽。在战后的去纳粹化过程中，德国国歌被废除。建国之初，联邦德国在国际场合不得不面对无国歌可奏的尴尬场面，尤其是在万众瞩目的体育竞技场上。1949 年科隆举办的一场自行车比赛上，联邦德国人挖苦且自嘲地将一首《占领区之歌》作为代国歌演奏。直到 1952 年，《德意志之歌》中以“团结、权利与自由”开头的第三段才被定为联邦德国国歌。从此，“德意志高于一切”被扔进历史的垃圾堆，而且出于对民族罪责的忏悔，对民族意识、国家观念的反思，很多德国人甚至从未把国歌的歌词放在心上。在很长一段时间里，挥舞国旗、高唱国歌对于德国人而言是十分可笑的事情，而齐唱国歌的机会也非常之少，其中一个是在足球场上。

1954 年世界杯比赛上，憋足干劲进行战后重建的联邦德国人夺冠，当由海顿作曲的老旋律响起时，观众席上还有不少德国人习惯性地唱出“德意志高于一切”，这在其他国家的观众听来仍旧不免刺耳。残留的民族自豪感在 20 世纪 50 年代后期开始的学生运动中被进一步反省和批判。战后成长起来的一代青年激烈批评自己的父辈，民族、国家以及与之捆绑在一起的陈旧保守的市民生活一起成为反思的对象。1974 年世界杯比赛在联邦德国拉开帷幕时，“68 学运”的余波正向社会生活的各个角落扩散。就在两年前的慕尼黑奥运会上，巴勒斯坦恐怖分子绑架并杀害以色列代表团成员，战后愈演愈烈的民族矛盾由此极端地展现出来。此时，被寄托于足球之中的民族认同也随之成为德国人必须检视的问题。在小组赛中联邦德国队遭遇自己的同胞民主德国队，为了民族荣誉而战还是为了阶级认同而战的问题难免显得荒谬。当联邦德国队时隔 20 年再次夺冠时，齐唱国歌也已经不能表达内心的情绪。正是在这届世界杯比赛上，德国人第一次引入了世界杯主题曲，当时的主题曲名为《足球是我们的生命》，无疑，这首歌才真正唱出了足球运动的精神所在。

不过民族意识没有那么容易消亡，有时甚至会以丑陋的形态表现出来。1982 年西班牙世界杯上，联邦德国队与奥地利队在小组赛上相逢，两队公然踢假球，用 1:0 的假成绩保证了同时出线，排挤掉了同组劲旅阿尔及利亚队。在政治上被禁止联合的德、奥两国在球场上实现了统一，这立刻让人们回想起“二战”历史。但公然作假并未赢来德国球迷的支持，看台上一位激愤的德国青年当场焚烧了一面德国国旗，这一丑闻也成为德国足球运动史上最大的污点。

1990年联邦德国队第三次夺得世界杯冠军，两个月后两德统一，德国国家足球队也实现了统一，“祖国”又成为德国人可以正式使用的词汇。20世纪90年代以来也是欧洲一体化进程逐渐加快的时代，越来越多的东欧、土耳其、非洲和阿拉伯移民涌向德、法等先进国家。面对异质文化的冲击，追求文化多元共存的西欧国家的自身认同感反而强烈凸显出来。在德国，大量土耳其移民仍保持独立的社群和生活习惯，即便在德国接受教育的移民二代也倾向于本族裔的社交圈。德国人不得不问，移民对于德国的认同究竟何在？可事实上，德国人又从来否认存在一个统一的德国人形象，历史上对各州文化差异的强调并没有随着普鲁士的统一而消除，反而在战后半个多世纪的去民族化、去国家化批判中得到增强，基于乡土热爱对地域差异的强调几乎是所有德国人的共识，所以土生土长的德国人也要自问：作为德国人的民族认同何在？

在如此背景下，这种不知所谓却又是人们毕竟需要的一种表面上各有归属的共同体情感，就很容易通过贴上民族标签的足球运动被满足。2006年在家门口举办的世界杯比赛让德国人第一次强烈感受到国旗飞舞、国歌起伏的场景，此后足球作为社会问题越来越受到重视。国际足球比赛作为民族情感的宣泄通道必须被正视，同时基于对开放、多元的文化共存的追求，德国公众也一直在反思，健康、包容的民族认同应该如何确立。当2010年世界杯德国国家队非德裔球员被称为雇佣军、赛前不唱国歌被媒体关注时，德国人也在自问，如果德甲联赛上人们早就不能以地域归属确定对球队的支持，那么在国际比赛中又有什么理由以国籍划定球队与球迷的阵营？

德国种族主义在抬头？

法国的移民骚乱众所周知，相比之下，德国人与外来移民似乎一直相安无事，但2010年8月份出版的一本《德国在自取灭亡》（*Deutschland schafft sich ab*）却让德国的移民问题浮出水面，乃至引起轩然大波。此书作者是德国联邦银行董事、前柏林市财长萨拉青（Thilo Sarrazin），他在书中声称：“因为移民和低收入群体的生育率远高于精英阶层，德国人的平均智商水平将不断下降，整个德国社会将越来越愚蠢。”

萨拉青是一位杰出的金融专家，但一年前就以针对穆斯林族裔的挑衅性言论闻名。在2009年10月德国高端杂志《国际文学》刊出的专访中，他扬言：“依靠国家生活却拒绝这个国家，不合理地安排孩子的教育，只是不断造出一些小头巾女，这样的国民，我绝不承认”“土耳其人将像科索沃人占领科索沃那样占领德国——通过高出生率”。这些言论招致的强烈批评与谴责却丝毫没有让这位65岁的退休政客止步，反而出版了一本厚达400多页的书为自己的观点提供论证。确实，萨拉青在书中的论述显得有理有据，甚至非常科学。他提出这样几点论据：一、德国的人口出生率在不断下降；二、出生率与社会阶层具有相关性，处于社会下层的人会要更多小孩；三、根据生物学研究，智商50%到80%可遗传；四、根据抽样调查，智商与社会阶层显示出相关性，处于社会下层的人智商整体偏低。根据这些论据即可得出这样的逻辑推论：整个人口结构中低智商人群将会越来越多。

如果萨拉青的观点仅止于此，最多就是一个歧视劳动阶层的反动人物，但他的矛头很快对准了土耳其移民。进一步的论述同样建立在科学研究和事实之上，而且用他的话说，就是“干脆、简洁、清楚、准确”。他引用德国教育学家埃尔斯贝特·斯特恩（Elsbeth Stern）的观点：“对于学生的高要求将导致更大的不平等而非平等，因为机会越平等，基因就会发挥更大的效用”。而在德国，一个众所周知的事实是，土耳其家庭的孩子学习成绩远远落后于德国学生以及其他族裔的学生。萨拉青认为，土耳其学生并没有受到任何歧视，导致他们比印度人、中国人和南意大利人做得差，那么症结就在他们自己身上。所以，尽管他并没有明说土耳其移民智商偏低，但显然想诱导人们得出这样的结论，为此他还举出这样一些荒诞不经的事实：“在近东移民中基因的枷锁——源于那里普遍存在的近亲通婚——造成很大影响，这也导致他们患上各类基因疾病的概率高于平均水平。”萨拉青显然想为土耳其移民在德国的糟糕表现找到一个生物学上的解释，他甚至做出这样的证明：土耳其青少年普遍有暴力行为是因为他们在性上受了挫折，因为伊斯兰教禁止婚前性行为。如果把萨拉青书中的许多观点和论据分开来看，大部分都成立，但当他用貌似科学、合乎逻辑的三段论将所有这些联结在一起时，就得出耸人听闻的结论：低劣的土耳其人将通过三四倍于德国人的生育率最终占领德国，德国国将不国。

这位金融专家拼凑他人研究结论写出的“生物社会学”之作本来完全不值一读，但他的话题实在击中了德国人敏感的神经。早在此书正式出版之前，其公布的一些节选就引来如潮评论，《时代周报》为此在当年8月26日就对他进行了一次针锋相对的专访。8月30日本书正式出版后很快登上畅销榜，5天之后就加印5次。关于萨拉青的新闻占据了各大媒体的重要位置，各大电视台也就此举行现场辩论。

之所以掀起这么大的风浪，确实因为土耳其人在德国已然成为一个问题。德国移民人数近年来一直维持在总人口9%上下的水平，其中土耳其籍占700多万移民总数的四分之一，另外，截止到2008年，取得德国国籍的土耳其人约有70万。与法国相似，拥有伊斯兰教信仰的土耳其人与德国社会的融合程度最低。萨拉青在书中列举的许多现象都是有目共睹的事实，如土耳其人并非不被德国社会接纳，而是不愿意也没有能力融入德国社会，他们形成相对封闭的聚居区，遵守伊斯兰教戒律，不愿意学习德语，不交德国朋友，不重视子女教育，任其频繁旷课，更反对女子受教育，女孩十四五岁便被迫结婚，结婚后至少生育三个孩子。此外，与其他族裔移民不同的是，根据欧盟与土耳其的相关协议，从2000年起在德国拥有居留权的土耳其人所生小孩能够自动获得德国国籍。于是，近十年来不断增多的土耳其人和他们成堆的子女，以及他们与德国基督教社会巨大的文化隔阂引起德国人越来越多的不满。所以，尽管萨拉青的言论立刻遭到各大主流媒体口诛笔伐，德国总理和总统相继表示谴责，萨拉青所属的社会民主党也启动调查程序，拟将其开除出党，联邦银行董事会甚至破天荒地要撤销其董事职位，最终导致萨拉青主动辞职，但在民众中他却获得广泛支持，数家媒体的民意调查均显示大部分人至少部分认同其观点。

《画报》这份在20世纪60年代学运时期间接导致学运领袖杜切克被暗杀的民粹报纸所做的问卷更显示，90%多的被调查者认为萨拉青是一个说出了别人不敢说出的真理的英雄。

如此情境难免让人怀疑德国种族主义在抬头。要知道，当年的反犹运动并不只是纳粹的鼓动，而是有着广泛的民意基础。虽然土耳其移民确实存在诸多问题，但回顾一下几个世纪前欧洲犹太人的处境，就能发现他们也受到过类似指责。信守犹太教的犹太人也有自己独立的生活空间，精英阶层的犹太人讲希伯来语，底层犹太人还发展出自己独特的语言意第绪语，这都导致他们的被排斥与受迫害。当时的犹太思想家认为只有通过世俗化才能摆脱灾难，但放弃犹太教信仰的欧洲犹太人最终也难逃一劫，而与今日所谓低智商的土耳其人相比，他们的高智商与社会成就照样成为纳粹德国攻击的借口。如今，在土耳其人取代犹太人成为德国最大的少数族裔后，在德国人经过战后深刻的罪责反省后，人们却不得不遗憾地发现对外来族裔的猜疑与排斥在德国仍有着深厚土壤。移民融合虽然有良好的制度保障，但德国人在心态上对移民的接纳度并不高，60%多的土耳其移民也觉得自己不被德国人承认。不过，德国毕竟已经是一个健全的民主国家，有理智的知识阶层，有自由开放的媒体，公众能够通过充分讨论来澄清事实、理清问题，萨拉青带有种族主义倾向的言论也能在这样的公共空间中被消化。比如说土耳其人好吃懒做，享受国家巨额福利，对德国没有任何贡献，在各种统计数据面前立刻被证明站不住脚；土耳其人受教育程度偏低则不能归结为任何生物学原因，而是有文化上的原因，这并非不可改变；土耳其人的生育率在二三代移民中也呈下降趋势。为此，德国人也大可不必担心。

如当节日的时候

12 月 6 日那天正在一家工厂打工，广播里喊所有兼职的学生都到办公室去一下，于是第一次在德国领到圣尼古拉斯节的巧克力，带着甜酒味，很爽口。2008 年刚到德国的那个冬天，和一群国际生在酒吧喝酒时就知道了圣尼古拉斯，大家醉醺醺地各自模仿本国来送礼物的圣尼古拉斯的憨厚笑声。虽然我很惊讶他们竟然会惊讶于我说中国没有圣尼古拉斯来送礼物，但当时确实恍然大悟了一下：哦，原来我们一直说的圣诞老人名叫圣尼古拉斯。

不过这个错误的印象在四年后的今天又被颠覆了：原来圣尼古拉斯有他专门的一天节日，就是 12 月 6 日。圣尼古拉斯是公元 4 世纪小亚细亚地方迈拉（Myra）城的主教，出生于一个富裕家庭，据传说曾将自己的财产分赠给穷人，所以后世人们将他奉为一切贫苦劳动者的保护人。在许多基督教国家，包括东正教国家，从中世纪开始就把他的祭日作为一个传统的节日。而到了近几个世纪，他又演变成帮助孩子们的好心人，于是在圣尼古拉斯节这一天，孩子们都期待着他带来装满甜点和糖果的口袋。

而圣诞老人却另有其人，虽然他的形象可以追溯到在19世纪贺卡上就出现的圣尼古拉斯身上，但基本上是可口可乐公司在1931年的广告中创造出来的一个商业符号，最终他成为圣诞节这场西方国家一年一度的消费大狂欢的象征。比如在德国人眼中，圣诞老人和圣尼古拉斯就完全是两个不同的人物，虽然当我问起为何两人的穿着打扮如此相似时，许多人也都不明所以。更为有趣的是，在跟一个来自巴伐利亚的朋友聊过后，我才又知道，在奥地利、瑞士和德国的一些天主教地区，来送礼物的不是圣诞老人，而是圣诞小孩，而这些地区已经改宗的家庭又会告诉自家小孩一个混合版本的圣诞故事：圣诞小孩会收集孩子们写在贺卡上的愿望，带给圣诞老人，最后由他实现孩子们的愿望。

被美国的流行文化侵袭的另一个节日是万圣节。万圣节原本是西方国家的一个历史悠久的传统节日，源于基督教在传播过程中受难的圣徒数不断增加，以至于没法为每一位圣徒都设定纪念日，于是从公元4世纪开始，东方教会便将圣灵降临节之后的第一个星期日定为所有圣徒的纪念日；西方教会则从公元7世纪开始庆祝万圣节，最初是在复活节之后的周五，最后定为11月1日。而中国人印象中点南瓜灯、戴鬼面具的万圣节，实际上是主要在英美国家流行的万圣前夜，虽然它也可以追溯到异教的狂欢活动和基督教悼念亡者的仪式，但作为一个节日流传开来却得益于当代派对文化的盛行。德国同学告诉我，万圣节前夜只是从20世纪90年代末以来通过美国影视的传播才在德国流行起来的，基本上是属于青年人的节日。

离万圣节不远的另一个传统节日是11月10日的马丁歌咏和游行，它最初是在11月11日举行，以纪念4世纪的一位圣徒——图尔（Tours）的马丁。在这一天，那些服劳役、做苦工的人被允许回家休假，而在晚上，穷苦人家的孩子会打着灯笼、唱着圣歌，挨家挨户上门乞讨过冬的食品和衣物。后来乞讨逐渐变成了象征性的仪式，人们往往会捐出葡萄干面包、姜汁蛋糕等各种家常糕点以表善心。巧的是，11月11日也是德国新教改革的创始者马丁·路德的生日。1817年新教改革300周年之际，新教教会便将圣马丁游行和歌咏提前到了11月10日晚上，而11月11日则专门作为马丁·路德的诞辰纪念日。今天，在德国那些新教教区和天主教教区交错的城市和村镇，在11月10日和11日晚上，便分别可以看见不同教会组织的“萝莉”和“正太”们，打着灯笼，到教民家中唱圣歌、送祝福。

在圣诞节之后还有1月6日的三圣王节。按照《马太福音》(*Matthew*)的记载，耶稣降生后不久，有东方的三位博士在伯利恒星的指引下前来寻访。《圣经》中对此再无详细的记载，而从3世纪开始产生了各种各样的传说，在传说中他们被描述成东方的王者，甚至还有了各自的名字。在6世纪时天主教会便有了在1月6日庆祝三王节的活动。时至今日，在德国南部的天主教地区，每到这一天，会有儿童做三王的打扮，带领队伍在街上游行，也会前往教民家中，唱一段圣歌，颂一段祷辞，并用祝过圣的粉笔在大门上写下CMB和新年的年份。CMB源于拉丁文Christus mansionem benedicat，意思是“基督赐福这户人家”。

德国的法定节日除去劳动节和国庆节这两个具有政治含义的节日之外，基本上是源自基督教习俗的传统节日。圣诞节之后便是复活节、耶稣升天节和圣灵降临节。节日在人类生活中无疑具有非常特殊的含义。在德国20世纪的哲人海德格尔所开启的生存现象学中，专门有节日现象学一说。在海德格尔的著作《荷尔德林诗的阐释》中，便有一文以荷尔德林的颂歌《如当节日的时候》为引，对节日的意义做了深入探讨。按照他的解释，节日构成了整个民族生活的一个重要环节，是生活世界中的意义生发酵素，这种意义不是源自形而上学的规定，而是实然的历史联系。用中国古语来说，每一个节日，都是一次慎终追远，是一个有丰富意义牵连的整体，它意味着处于节日中的人不是当下某个时刻的单独个体，而是和过去祖祖辈辈的生活结成了某种精神的纽带。

除了这种生存哲学的含义外，节日还具有更实际的文化和政治认同功能。德国各个州都有各自不同的法定节日，这和各个州的历史传统有关系。西方国家的很多节日都是地方性而非全国性的，据说美国的一些大学也有规定本校休息日的权力。如果校董多为犹太人，逢犹太假日便全校休息。在基督教国家生活的阿拉伯人，每逢圣诞节便会感到格外的隔阂。观察一下各地的节日安排，即可略微一睹当地的政治文化生态。

NSU 案下的德国新纳粹主义

2012 年冬天的一个夜晚，我路过耶拿。这座历史名城在冬日的阴霾和夜色的笼罩下，显得有些黯淡无光。没有时间去参观耶拿大学，更来不及寻访黑格尔的足迹。1806 年拿破仑率领法军与普鲁士士兵在耶拿会战，大败普军，带来了欧洲历史的转折。这一年黑格尔完成了他的《精神现象学》。据说，黑格尔在战场上亲眼看见了拿破仑骑在白马上的英姿，激动不已。不过，他的激动不是因为对伟人的崇拜，而是因为在拿破仑身上“看到了世界精神的显现”，印证了他的历史哲学。因为黑格尔的缘故，耶拿在我心中一直是一个神圣的存在。大概也是因为这个缘故，我的一位博士论文研究黑格尔的老师，当年到德国访学时毫不犹豫地选择了耶拿。然而，我多年前从他那里听到的耶拿故事已经跟黑格尔没有一点关系。

他的故事并不有趣，反而让人很不愉快，乃至愤怒。也是在耶拿的一个夜晚，我的这位老师独自乘坐巴士回家，这时上来几个面貌不善的青年，向他索要证件查看。他不知道对方是否有权，但还是顺从地交出证件。几个青年看到他姓名的拼写迥异于德语，一阵嘲笑，嘴里嘟哝着“多么愚蠢可笑的名字”，顺手就给了我的老师一个巴掌。老师立刻惊呆，但他知道，自己遇上了新纳粹，而周围没有一个人能够求助。他一言不发地坐在原位，没有声张。好在几个新纳粹就此罢休，没有再纠缠他。我在耶拿街头徘徊的那个晚上，所幸没有碰上任何麻烦，约见的朋友也没有谈到糟糕的经历。然而几个月之后，新纳粹恐怖组织“国家社会主义根基盟”（Nationalsozialistischer Untergrund，NSU）连环罪案在慕尼黑高等地方法院开庭审判，几个嫌疑主犯全部来自耶拿。那时我才意识到，老师的遭遇完全不是巧合。

如今仅仅以卡尔·蔡司[1]总部所在地为世人所知的耶拿，所处的图林根州和东部毗邻的萨克森州一直是新纳粹势力影响较大的地区，有纳粹主义倾向的德意志民族民主党（Nationaldemokratische Partei Deutschlands，NPD）在

1 卡尔·蔡司（Carl Zeiss），著名摄影机镜头生产厂家。——编者注

萨克森州议会就拥有八个席位。这块统一前属于民主德国的地区，与我居住的南德相比，无论是城市、乡村还是原野，都有一些不可掩饰的衰败。1964 年建立的 NPD 在统一前一直是一个无足轻重的小党，但跟纳粹党借助底层民众上台一样，两德统一后，NPD 在经济较差的原民主德国地区吸引了为数不少的支持者。不过，尽管在德国的这几年不时可以看到纳粹和反纳粹的游行新闻，甚至纳粹和反纳粹人士会在街头发生暴力冲突，但在我眼里，已经建立完备的自由民主宪政的德国，完全可以通过内部的辩论遏制与消解新纳粹主义的毒瘤。只是这一次，NSU 犯下的一连串谋杀和其他暴力犯罪，让人不免惊讶。

NSU 于 2011 年随着一起银行劫案的发生才浮出水面，为世人所知。该年 11 月 4 日，NSU 的两个头脑乌维 · 蒙德洛斯（Uwe Mundlos）和乌维 · 别恩哈特（Uwe Böhnhardt）抢劫了图林根州艾森纳赫市的一所银行，随即逃窜。警察在追捕他们的过程中，发现他们藏匿在一辆旅行箱车之中。一番交战之后，二人点燃了箱车，饮弹自尽。警方随后一连串的发现，方才揭露了一连串震惊世人的暴行：2000 年至 2006 年，乌维 · 蒙德洛斯、乌维 · 别恩哈特及其他 NSU 成员先后犯下九起针对外来移民的谋杀案。案情轮廓逐渐清晰后，也就是在 2012 年，人们在德国各地的一些公共场所开始看到一张纪念海报，上面是9位被NSU谋杀的受害者照片与姓名：8位土耳其裔、1位希腊裔。这一连串在德国各地发生的谋杀案，当年被发现时曾被戏称为“肉夹馍谋杀案”，因为土耳其移民在德国的一大营生就是经营以土耳其烤肉为主料的德式肉夹馍，而被害者中有两人是肉夹馍店的员工和店主。在谋杀案的种族主义背景浮现出来之后，人们发现，“肉夹馍谋杀案”这个名字太过戏谑，因此被德国媒体在2011年选为应当禁止的“脏词”之一。

现在，人们知道，两个碰巧同名的乌维都是耶拿人，蒙德洛斯生于1973年，别恩哈特生于1977年。两德统一前后，尚在中学的两人就先后成为右翼光头党的活跃分子。1991年耶拿开了一家名为Winzerclub的青年俱乐部，两人在此结识，一起认识的还有后来成为NSU成员的比雅特·沙珀（Beate Zschäpe）、胡尔戈·格拉赫（Holger Gerlach）等人，其中，比雅特是一位女性，她是后来NSU谋杀案中除两个乌维之外的主要嫌犯。这家青年俱乐部成为右翼分子聚会的场所，他们在那里结成右翼同志会，身穿仿纳粹制服，将纳粹首脑、希特勒《我的奋斗》的执笔者鲁道夫·赫斯（Rudolf Heß）奉为偶像。1994年图林根州形成联合的反－反法西斯团体，并在1996年发展成为图林根家乡保卫团（Thüringer Heimatschutz），鼓吹“图林根州的纯洁”，反对外来移民带来的国际化，成员在顶峰时有170人，这些右翼青年都是该组织耶拿小组的成员。20世纪90年代他们参与了一系列极右翼活动，其中包括将佩戴犹太大卫星的玩偶悬挂在耶拿的高速公路入口、攻击反对者等。逐渐地，他们的活动开始向暴力恐怖活动转变。他们开始发送威胁邮件、私藏武器、制造炸弹。2000年9月9日，乌维·蒙德洛斯和乌维·别恩哈特犯下了第一起谋杀案，受害者是一位花店商人。2006年4月6日，最后一位受害者遇难，这一次是一位咖啡店业主。

恐怖分子蒙德洛斯与别恩哈特自杀之后，警方在搜查行动中发现了一张录有视频内容的DVD，两个嫌犯在录像中声称自己是“国家社会主义根基盟”，并狂妄地供认了一切罪行。除了9起谋杀案之外，2004年6月他们在科隆一条土耳其购物街上利用碎钉炸弹制造的爆炸案，造成22人重伤，此外，还于2007年杀害了一位22岁的图林根州女警官。视频最后是他们的政治宣言，他们宣称只要德国的政治与言论状况得不到根本改变，行动就会一直持续下去——清除所有有移民背景的德国人。警方后来发现，比雅特·沙珀将这份录像寄给了多家机构和媒体。

对于NSU的审判于2013年5月6日在慕尼黑开庭，被告除了两个已死的乌维，还有比雅特和其他四名嫌疑人。

审判持续了一年多，于2014年年底审理完毕。德国媒体给予了高度关注，案件自然也在土耳其引起了巨大震动，在开庭之初，就因为媒体旁听席席次安排引起巨大争议。之后，《慕尼黑晚报》和一家土耳其报纸被授权对审判进行全程报道。

很多中国的评论者常常担心，欧盟各国的福利政策和移民政策将引来大量移民潮，并引发新的族群矛盾，一些人甚至宣称福利国家将因此破产。的确，这些评论在某种程度上是正确的，无论是反移民的右翼党派在欧洲各国影响逐渐增大，还是2014年的欧洲议会选举中右翼党派获得了出乎意料的胜利，都显示出欧盟各国所面临的困境。相比其他国家，经济一枝独秀的德国，其右翼势力一直受到限制，但必须承认，德国民众对外来移民，尤其是对最大的外来族裔土耳其人虽然绝对不存在普遍的歧视，但文化和习俗上的隔阂也显而易见。一名德国政客蒂洛·萨拉青几年前著有一本《德国在自取灭亡》的小书，历数土耳其人的不是，警告德国将被土耳其人占领，引起许多德国人的共鸣。NSU的谋杀案则反映了德国排外势力中最丑恶的一面。

像NSU这样的新纳粹主义组织的出现，让人们有机会去再一次审视纳粹主义、种族主义产生的根由。新纳粹组织和其他右翼政党与希特勒的纳粹党的最大区别在于，前者没有获得精英阶层的支持。并不是说，现在德国的精英阶层囿于政治正确的准则，不敢发表排外的言论，而是社会的进步、科学的昌明以及德国如今所取得的历史地位，使得无论如何都不可能再产生一种要为德意志民族崛起提供基础的种族主义理论。以 NPD 现任主席乌多·帕斯托（Udo Pastörs）为例，这个钟表匠出身的右翼政客谈不上有任何理论主张。NSU 的成员虽然奉鲁道夫·赫斯为偶像，但这些不少连中学都没有毕业、曾经因为小偷小摸被捕入狱的暴力分子，可能缺乏基本的理论理解能力。他们既不是基督徒，对传统的德国文化也没有任何了解，面对外来文化，他们所谓的"图林根州的纯洁性"实在是一个可笑的口号。于是，纳粹主义、种族主义就还原到它最原始的本来面目：狭隘、封闭、盲目的地方主义。

2013 年的秋天，我又一次前往柏林。在东柏林的一个地方寻找一处地址未果，正不知如何解决时，一个被我们问路的魁梧德国大叔主动表示，愿意开车带我们过去。我们欣喜万分地上了车。当时正值德国大选，在车上可以看到路旁的社会民主党竞选广告。心想大叔住在东柏林，应该怀有对社会主义民主德国的回忆，便问他是不是投了社会民主党或者左翼党的票。大叔表示否认后，过了好一阵子才说道，他投了 NPD 的票。一听到 NPD 的名字，我和同行的伙伴都吓到浑身一阵激灵，我们自然而然地觉得，凡是和纳粹沾上边的，必然非常恐怖和邪恶。我们一边担心大叔把车开到哪个人迹罕至的地方下毒手，一边不得不故作镇静地跟他搭话。大叔倒没有对他的政治倾向多做解释。车子也很快到了目的地，是一处繁华的市区，我们安心地下了车。好笑的是，大叔最后向一位同行的女伴索要电话号码。我只好说，我们不住在柏林，只是路过。

于是，我现在倾向于这样的认识：剥去德意志民族主义、反犹主义这样独特的历史酵素，纳粹主义、种族主义呼应的是全球化背景下不同族群因为最基本的利益、习俗和文化隔阂带来的矛盾和冲突。19 世纪末，欧洲和美国经历的是第一次全球化，伴随着工业革命的是大规模的移民迁徙和自由贸易，那个时候，种族主义不仅在德国，在法国、美国和其他各国都普遍存在。如今的全球化程度更加深远宽广，种族主义又在以同样的方式重演。不管是以前还是现在，种族主义最基本的受众都是跟那位德国大叔一样的、受到外来移民最直接冲击的底层民众。正如 19 世纪末的美国人会因为华人劳工抢了他们工作而推动“排华法案”，如今缺乏竞争技能的底层德国人在被土耳其人抢去低端工作机会后，也容易成为排外势力的拥趸。所以我们看到，和纳粹德国的每一个村庄都在驱赶那些普通的犹太人相似，NSU 受害者都是从事普通工作的无辜弱者，他们发起的是弱者针对弱者、歧视弱者的可耻战争，他们要点燃的是人性中固有的那种独占自己地盘、歧视外来者的仇恨。还好，人类已经经历了第一次全球化的创伤和洗礼，人权的观念已经深入人心，欧美各国也都有健全成熟的民主和法律机制来处理这些冲突和争端。而NSU案这样的案例则让人们对那些最极端、最丑恶的右翼恐怖主义保持警惕，也对一般人心中可能存在的排外倾向做一番敲打。

柏林墙倒 25 周年：东西德的差异与融合

柏林墙边界撤销 25 周年之际，德国铁路机车司机总工会再次宣布罢工，德国铁路包括城市快铁在内约三分之二的线路顿时瘫痪。周末在柏林举行的庆祝活动难免受其影响。两德曾经以社会主义和资本主义的名义经历长达五十多年的分裂与对峙，然而柏林墙阻拦了公民的自由迁徙，却不能阻碍观念的自由流动，对自由的渴望最终冲破了柏林墙的封锁。而在两德统一前很久，作为资本主义桥头堡的联邦德国就在普及与深化曾经由社会主义者所主张的各项政治与经济权利。如今的德国，基于公民的各项基本政治权利发起的游行、示威与罢工早已司空见惯。与早期的马克思主义者和社会主义者的想象不同，这些政治权利的行使已经不再以残酷的阶级斗争的形式展开。尽管金融危机以来，关于欧美国家财富分配不均、阶层收入差距增大的争议持续不断，各种行业在德国全国乃至跨国范围的罢工此起彼伏，但一切都在民主政治与法治的框架内进行，而争执的焦点往往也是具体的细节条款、待遇高低。曾经激烈的政治冲突如今已类似于具有平等权利的不同主体在市场上的公开讨价还价，资本主义与社会主义的界限已然模糊。

社会主义意识形态想通过消灭一个假想的剥削阶级来实现人与人之间的平等与共同富裕，结果却是形成新的特权阶层，特权阶层之外的民众则被各种各样由权力维持的界限阻隔于可自由实现自身权利的世界之外。柏林墙的拆除，其最大的意义不外乎赋予人们通过各种权利实现自我发展的自由。25 周年庆典中最引人瞩目的一项活动就是沿着昔日的柏林墙，用白色球形装置灯搭建一条长约 15 公里的光之界，穿越联邦议会大厦附近的施普雷河堤岸、勃兰登堡门、查理检查站、波茨坦广场等重要地点，在柏林内城蜿蜒。光之界没有任何阻隔，象征对一个没有墙的世界的希望。

两德统一后，民主德国民众大量涌入联邦德国，追求更好的工作机会和生活条件。今天，这一基本的迁徙自由在整个欧盟范围得到实现和保证，欧盟成员国之间已不再有传统意义上的国界阻拦，居民可以自由前往其他成员国工作、居住和生活。不过，地区经济发展的不平衡、工资收入的差距、福利待遇的不同、税收负担的高低，都显著地影响着欧盟各国的人口流动趋势。人员净流入高的国家和地区不得不面对福利支出增加导致的财政负担、文化冲突带来的管制危机等难题，而保守排外势力在经济形势恶化时将一再死灰复燃，鼓吹对移民的严格限制。英国政府近日表现出的提高移民准入门槛的倾向，也是欧盟各国普遍保守右转的表现之一。然而，欧盟建立的初衷之一，就是希望通过各国居民的自由流动与交往推进欧洲的统一和融合，作为欧盟火车头的德国必须坚持自由迁徙这一基本政治原则，这也是对两德统一的政治遗产的发扬。即便英国威胁退出欧盟，默克尔也不在移民政策上做丝毫让步，不能不说这体现出一个政治家的担当与决断。更为重要的是，一个统一、团结、融洽的政治共同体的构建在面对区域和族群利益的冲突与撕裂时，容易走回封闭、排外的老路，德国和其他欧盟国家对自由迁徙原则的坚持则发出明确的政治信号：对欧洲一体化理想的坚持需要寻找创造性的新办法来解决老问题，而不是走故步自封的回头路。

自然，在保持文化多元的同时促进不同族群的融合将面对无数难题。即便是拥有同质历史和文化的两德，在统一之后也经历了漫长的磨合过程，这一过程至今也未结束。融合首先面对的是经济问题，统一为联邦德国带来巨大的经济负担。自 1993 年起联邦政府向原联邦德国各州征收团结税，向原民主德国各州做转移支付：2005 年起团结税第二期开征，除此之外还有联邦政府的财政拨款、德国统一基金的开发项目、公共养老和失业保险公司的支付等种种援助款项。据柏林自由大学经济学和社会学学者克劳斯·施罗德（Klaus Schroeder）估算，二十多年来原联邦德国地区总共向原民主德国地区输血达两万亿欧元，而其他学者的估算甚至更高。尽管经济学家对如何以及是否需要计算转移支付总额存在争议，政治家则对其避而不谈，但赠予与接受的关系本身就在两德民众的心理上留下了不平等的印记，原联邦德国地区民众中也一直存在国家统一、自己吃亏的看法，对原民主德国地区这个包袱心怀不满。更成问题的是，经过二十多年的输血，原民主德国地区经济仍然起色缓慢。时至今日，原民主德国地区经济发展力依旧落后原联邦德国地区 30 个百分点，近年来两者经济增长速度的差距也没有任何缩小，原民主德国地区人均税前收入不到原联邦德国地区一半。而福利国家的批评者会发现，三分之二的援助都用于向原民主德国地区民众支付各项社会福利，以修正民主德国时期留下的社会政策偏差，而不是用于投资和基础设施建设。2019 年第二期团结税征收期满，德国政府必须决定东部经济何去何从。经济学家警告，对原民主德国地区的财政支持必不可少，但必须改变方向，否则其将无法摆脱财政依赖。

对另一边的原民主德国地区人而言，统一伊始，自由并没有立刻变成好处，人人面临生存危机，教授、工程师沦为清洁工、售货员的不在少数，因为意识形态原因下岗的公职人员也为数众多。大多数东部人虽然在西部找到工作，却不得不往返奔波于东西之间，数月不能与家人见面。当施罗德 1998 年上台时宣称德国不再有懒惰的权利时，东部人愤愤不平，感觉被视为二等公民。经济衰败带来的更明显的问题是在阴影中滋生的暴力。原民主德国的旧国家机器废除和政治精英退出后，原联邦德国新的国家权力并未立刻建立有效的管治权威，东部地区留下若干权力真空。统一后不久，新纳粹组织在东部地区开始蔓延，十年间即聚集起不小的势力，参与者多为青年。从 2000 年起图林根州的一个名为“国家社会主义根基盟”（Nationalsozialistischer Untergrand，NSU）的地下组织策划了九起针对外来移民的谋杀案，到 2011 年案发，震惊德国。某些时候，原民主德国地区甚至会被贴上“新纳粹横行之地”的标签。

不过，尽管经济乏力，新纳粹暗流涌动，东部人对统一后的生活整体表示满意。最新的民意调查显示，75% 的东部人对统一做出积极评价，相反，只有 48% 的西部被调查者认为统一利大于弊。柏林墙倒坍 25 周年，所有人也都好奇两德的融合达到了什么程度。在统计学家按照诸多经济、生活和文化指标制作的数据地图上，仍可以看到东西之间清晰的界限。位于曼海姆的莱布尼茨社会科学研究所每隔两年进行的全民调查则揭示出两德一系列有趣的变化趋势。首先，统一为两德人都带来稳定的生活，担心失业的东部人从 1991 年的 50% 降到 2012 年的 17.8%，西部的这一比例是 10.9%。认为统一带来的所得比应得低的东部人也从 1991 年的 83.1% 降到 2010 年的 64.4%，西部人则从 26.9% 升至 35%。在一些价值观上，两德人也表现出趋同的倾向。认为每个人都能按照自身天赋和能力获得教育的东部人的比例一直维持在 30% 以上，悲观的是，西部人的这一比例从当初的 64.3% 降到 39.9%。在对同性恋、堕胎等行为的评价上两德人几乎一致。差异最为明显的是对宗教的态度，东部人对宗教的评价远低于西部人，马克思主义教育的印记仍明显可见。而两德人对身为德国人感到自豪的比例都高达 70%。

两德的差异没有消失，融合也未止步。11 月 9 日纪念日当天晚上 7 点，人们在光之界的 22 个聚集点放飞了数千个写有普通市民愿望的气球。古典音乐界的指挥大师巴伦博伊姆指挥柏林国家歌剧院合唱团演奏贝多芬《第九交响曲》中的《欢乐颂》，部分重现卞拉扬在两德统一时于柏林墙旁指挥柏林爱乐演奏《第九交响曲》的辉煌。两百多个艺术团体也沿着光之界进行各种演出。不管怎么说，东西柏林已经融为一个浑然一体、性格鲜明的国际大都市。与东部人普遍西迁相反，东柏林却涌入越来越多的新居民，以致房地产价格上升，一些工人酒吧被高档社区取代。不再被柏林墙阻隔的人们在这里追逐着各种各样的梦想，而柏林墙的倒塌始终象征着人们对消除一切人为权力界限的希望。就在 25 周年纪念活动到来前不久，一个自称“美好政治中心”的柏林流亡者团体将施普雷河旁的柏林墙死难纪念壁上的十字架偷偷拆除，计划带往欧盟边境，以引起公众对死难偷渡者的关注。大量移民涌入为欧盟各国带来诸多困难。面对重重危机，德国，以及整个欧盟能否坚持自身的政治理念，迎接宗教和文化冲突的挑战，以更有效的方式吸纳移民，将是对人类美好希望的检验。

难民问题再次考验欧盟团结

翻看德国媒体的政治新闻，经常可以看到一个让中国读者联想起社会主义宣传口号的词语：团结（Solidarität）。2015 年 8 月 26 日，德国总理默克尔访问位于萨克森州海德瑙市（Heidenau）的难民居住区。对此，德国媒体的报道是：默克尔向世人宣告了德国政府与难民和志愿者的团结一致。当日早前，德国总统高克访问柏林一处避难申请者安置处时则说，帮助难民的志愿者象征着一个“明亮的德国”，与攻击难民、敌视移民的右翼分子的“黑暗德国”相对立。如果说我国政府领导人访问受灾群众的举动显示出中国共产党将人民群众利益放在首位的核心价值观，那么团结——不仅是欧盟各国之间的团结，也是欧洲国家人民与所有受迫害者之间的团结——对于欧盟而言绝不是空洞的宣传口号，而是除了自由和民主之外的第三块欧盟价值基石。但在刚刚度过希腊债务危机之后，难民问题再次让欧盟的团结面临考验。

按照联合国难民署的估计，近年来约有600万难民从索马里、叙利亚、伊拉克和阿富汗等战乱国家经地中海逃往欧洲，为“二战”以来最大的难民潮。而自伊斯兰国势力在中东地区不断扩大以来，来自该地区的难民数量激增。以难民最先抵达的两大目的地国土耳其和意大利为例，2013年两国的首次避难申请者的数量分别约为4万和2万，2014年的数量则增加到约8万和6万，增长比例超过100%。德国作为接纳难民数量最多的欧盟国家，2013年和2014年的首次申请者数量为别是11万和17万。难民潮的规模仍在持续增大，2014年共有21.8万人从非洲和亚洲偷渡前往欧洲（其中3500人在渡过地中海时丧生），2015年上半年这一数字就达到13.7万，其中大多数为叙利亚人。而根据德国内政部的统计，2015年前往德国的新老难民总计将近80万，占欧盟难民总数的40%。

大量增加的难民给欧盟各国带来巨大的经济和安全负担。按照2013年7月欧盟议会做出的“都柏林决议”，自2014年起，抵达欧盟国家的难民必须在其最初抵达的国家申请避难，但这无疑让希腊、意大利和马耳他等地中海沿岸国家不堪重负，这些国家默认了允许难民继续向北部流亡。此外，德、法等国的保守政治势力敦促希腊、意大利等国加强边境管理，致使在这些国家的地中海沿岸不时发生暴力阻止难民登陆的惨案。备受争议的“都柏林决议”事实上形同虚设，德国移民与难民管理局最终宣布，不再将前往德国的叙利亚难民遣返回其最初注册的欧盟国家，并简化了避难申请程序。德国是第一个采取这一措施的欧盟国家，在德国政府发言人的措辞中，一如既往地强调这是为了增强欧盟各国的团结。欧盟议会的社会民主党议员也要求重新审定“都柏林决议”。默克尔和奥朗德早前则共同倡议，制定统一的难民登记、安置和遣返政策，在欧盟各国之间“公平地分摊负担”。

然而，希腊作为欧洲文明的源头之一，留在欧盟之内的象征意义举足轻重，希腊人毕竟属于欧盟建立之初赖以维系的西方文明共同体中的一分子，如今蜂拥而至的北非和阿拉伯难民却是地地道道的外来客。难民问题考验的不仅是欧盟各国之间的团结，更是考验欧洲人对待陌生人的开放态度。在早已被移民和恐怖主义问题折磨得焦头烂额的欧洲人心中，自然而然地蔓延着一股针对难民的敌视与怨恨。仅以德国为例，随着难民数量的增加，2015 年上半年在德国各地发生了 200 多起针对难民的纵火、攻击和侮辱事件，数量与 2014 年全年等同，而 2012 年仅仅只有 24 起。在默克尔访问的海德瑙，2015 年 8 月份右翼极端势力封锁了一处难民安置处，多名难民在楼中被杀害。这种怨愤甚至传染到在德国居住的中国人身上：曾经被德国人抱怨喧哗吵闹的中国人在面对难民不同的生活习惯时，也摆出城里人对乡下人的抱怨姿态。

欧洲统一体奠立之初，某些保守政治理论家宣称，欧洲统一的基础是同质欧洲，欧洲必须以希腊－罗马－基督教文明为划分敌友的界限。但此后欧共体和欧盟的发展，超出了这些保守理论家的估计。越来越多来自非西方文明的移民进入欧洲，改变着欧洲的特质。恐怖主义的扩散让欧洲人对移民越来越保持怀疑和排斥态度，右翼势力开始回潮，同质欧洲的保守理论再次浮出水面。当人们将德国接纳叙利亚难民与原联邦德国接纳原民主德国难民做对比时，保守主义者们辩解说，两德属于同一个同质文明。但问题是，无论德国还是欧洲，是否存在一成不变的、同一的文明基体？所谓的同质文明似乎更像是种族主义的附属物。更何况，如果以文明的同质性为划分，那么不仅可以以种族、民族为划分族群的界限，阶级、性别都可以造成族群的区隔，这样的政治终将走上回头路。可以说，任何所谓天然的族群联系都是前政治的，最初是血缘，然后是部落、种族、民族，直到国族。政治在其本义上作为共同体的发展即是不断突破这些天然的界限，实现普遍的团结与友爱。与之相对，右翼保守势力诉诸的往往不是什么构想出来的同质文明，而是种族的天然联系，其追随者也不是什么文明传统的热爱者，而是处于社会边缘的流氓无产者。在德国社会民主党主席访问海德瑙时谴责攻击难民的右翼极端势力是无赖后，右翼分子在示威游行时公开喊出“我们是无赖”的口号，称被他们攻击的德国政要则是“德奸”。另外两个可资佐证的证据是，攻击难民的嫌疑分子大多是25岁以下的青年；另外，和排斥移民的右翼分子一样，经济发展滞后的原民主德国地区是攻击事件发生的重灾区。

出生于东柏林的《明镜周刊》记者史蒂芬·伯格（Stefan Berg）7月向发生难民攻击事件的萨克森州自由谷市（Freital）居民发表了一份公开信，信中呼吁“健忘的原民主德国人”回想曾经的逃亡经历和自由迁徙的宝贵。这封公开信在社交网站上获得了累计10万次推荐。不过对难民的排斥不仅仅发生在前民主德国地区。按照财政承受能力，经济发达的州承担了更多的难民安置义务。唯一由绿党－左翼党联合执政的巴登－符腾堡州因为倾向移民的政策即被对立党派指责为“为了党派出卖民众利益”。和曾经要靠“团结税”支援前民主德国地区一样，德国政府给每个得到居留许可的难民发放359欧元的补助，因此安置大量难民需要充足的经费支持。面对巨大的负担，德国政府和媒体的态度并非倾向于减少通过避难申请的人数，而是依据财政情况尽量给难民发放居留许可证。德国内政部长曾警告，2015 年德国联邦和地方政府需为难民支付 100 亿欧元，已超出德国的承受能力。但据媒体估算，2014 年德国政府的财政收入盈余为 300 亿欧元，2015 年仅德国联邦政府就新增 105 亿欧元的财政收入，并将保持持续增长。按照联邦统计局的统计，尽管自 2013 年起德国每人就要为难民支付 18.5 欧元，是 2008 年的两倍，但做历史比较的话，2001 年德国每人为难民付出的费用是 15 欧元，在两德统一之初甚至高达 34 欧元。德国仍然有充足的财力应对难民问题。

看来，在难民问题上，德国又一次发挥了欧盟团结主心骨的作用。

图书在版编目（CIP）数据

蔷薇花与十字架 / 杨不风著 . — 厦门 : 鹭江出版社 , 2018.7
ISBN 978-7-5459-1453-5

Ⅰ . ①蔷… Ⅱ . ①杨… Ⅲ . ①随笔—作品集—中国—当代 Ⅳ . ① I267.1

中国版本图书馆 CIP 数据核字（2018）第 018473 号

QIANGWEIHUA YU SHIZIJIA
蔷薇花与十字架
杨不风 著

出版发行： 海峡出版发行集团
鹭 江 出 版 社
地　　址： 厦门市湖明路 22 号　　**邮政编码：** 361004
印　　刷： 山东临沂新华印刷物流集团
地　　址： 山东省临沂市高新技术产业开发区新华路 1 号　　**邮政编码：** 276000
开　　本： 889mm × 1194mm　1/32
插　　页： 2
印　　张： 8
字　　数： 136 千字
版　　次： 2018 年 7 月第 1 版　2018 年 7 月第 1 次印刷
书　　号： ISBN 978-7-5459-1453-5
定　　价： 45.00 元
